念楼学短
[修订版]
合集

逝者如斯

锺叔河 著

人民文学出版社

图书在版编目（CIP）数据

念楼学短合集：全5册／锺叔河著．—— 修订版．—— 北京：人民文学出版社，2025．
ISBN 978-7-02-019166-6

Ⅰ．I262；I207.62

中国国家版本馆CIP数据核字第2025ML1909号

责任编辑　曾雪梅
装帧设计　黄云香
责任印制　张　娜

出版发行　人民文学出版社
社　　址　北京市朝内大街166号
邮政编码　100705

印　　刷　北京新华印刷有限公司
经　　销　全国新华书店等

字　　数　789千字
开　　本　880毫米×1230毫米　1/32
印　　张　38.5　插页16
版　　次　2025年2月北京第1版
印　　次　2025年2月第1次印刷

书　　号　978-7-02-019166-6
定　　价　238.00元（全五册）

如有印装质量问题，请与本社图书销售中心调换。电话：010-65233595

《念楼学短》合集序

上个世纪的八十年代，钱锺书曾主动为锺叔河先生的《走向世界》一书写过一篇序文。那时的钱锺书才七十三岁，精力充沛。《走向世界》一书是促使国人向前看。

时光如水，不舍昼夜地流逝。二十年过去了。世事已随着变易。叔河先生这回出《念楼学短》合集，要求书价便宜，让学生买得起。他现在是向钱看了。他要我为这部集子也写一篇序。可是一転瞬间，我已变成年近百岁的老人。老人腕弱，要提笔写序，一支笔是有千斤重啊！可是"双序珠玉交辉"之说，颇有诱惑力。反正我实事求是，只为这部合集说几句恰如其份的话。《念楼学短》合集，选题好，翻译的白话好，注释好，批语好，读了能增广学识，读来又趣味无穷。不信，只要试读一篇两篇，就知此言不虚。多言无益，我这几句话，尔有千钧之重呢！

杨绛

二千零九年六月十二日

序

杨 绛

上个世纪的八十年代,钱锺书曾主动为锺叔河先生的《走向世界》一书写过一篇序文。那时的钱锺书才七十五岁,精力充沛。《走向世界》一书是促使国人向前看。

时光如水,不舍昼夜地流逝。二十年过去了,世事也随着变易。叔河先生这回出《念楼学短》合集,要求书价便宜,让学生买得起。他现在是向钱看了。他要我为这部集子也写一篇序。可是一转瞬间,我已变成年近百岁的老人。老人腕弱,要提笔写序,一支笔足有千斤重啊!可是"双序珠玉交辉"之说,颇有诱惑力,反正我实事求是,只为这部合集说几句恰如其分的话,《念楼学短》合集,选题好,翻译的白话好,注释好,批语好,读了能增广学识,读来又趣味无穷。不信,只要试读一篇两篇,就知此言不虚。多言无益,我这几句话,句句有千钧之重呢!

二千零九年六月十二日。

自 序 一

[原为1991年9月1日《新闻出版报》"学其短"专栏小引]

学其短,是学把文章写得短。写得短当然不等于写得好,但即使写不好,也可以短一些,彼此省时省力,功德无量。

汉字很难写,尤其是刀刻甲骨,漆书竹简,不可能像今天用电脑写作,几分钟十几分钟就是一大版。故古文最简约,少废话,这是老祖宗的一项特长,不应该轻易丢掉。

我积年抄得短文若干篇,短的标准,是不超过一百个汉字,而且必须是独立成篇的。现选出一些,略加疏解,以飨读者。借用郑板桥的一句话:"有些好处,大家看看;如无好处,糊窗糊壁、覆瓿覆盎而已。"如今不会用废纸糊窗盖碗了,就请将其往字纸桶里一丢吧。

一九九一年八月二十日于长沙。

* * *

〔后记〕 在这五卷本《念楼学短合集》面世的时候,我要向杨绛先生深深地表示感谢。二十五年前,钱锺书先生曾为拙著《走向世界》作序。如今双序珠玉交辉,实为文坛佳话,也是我的荣幸。谨志于此;以示不忘。

二千零九年七月十七日。

关于五卷本合集的说明

一九九一年起在报刊上开栏写小文,每期选读十来篇性质相近的古代短文,谈谈自己对各篇的读后感,十年中断断续续写了五百多篇。

二零零二年开始出书,在安徽出了本《学其短》,收文三百一十六篇,在湖南出了本《念楼学短》,收文一百九十篇;二者于二零一零年合二为一,加上未入集文,在湖南出版了《念楼学短合集》。

《合集》共收入五百三十篇,以类相从,先以原专栏每期内容为基础分作"论语十篇""孟子九篇"……"亲人的短信""临终的短信"五十三组,再以组为单位,分成《逝者如斯》《桃李不言》《月下》《之乎者也》《毋相忘》五卷。

二零一七年湖南规划出版《锺叔河集》,决定将《念楼学短》《学其短》收作其中两册。二零一九年,五卷本《合集》又一分为二,改以《念楼学短》(上、下册)书名印行。《合集》从此不再在湖南出版。

人民文学出版社的新版《念楼学短合集》,收入了湖南原版的所有内容,只将有关卷的内容以组为单位做了些调整。调整的情况,详见各卷前关于本卷的说明。

逝者如斯

关于《逝者如斯》的说明

《逝者如斯》是《念楼学短合集》五卷本的卷一，湖南原版所收的内容，详情如下：

"论语十篇"，"孟子九篇"，"檀弓十篇"，"左传八篇"，"国语九篇"，"战国策十篇"，"庄子十篇"，"世说新语十一篇"，"容斋随笔（洪迈文）九篇"，"苏轼文十篇"，"陆游文十篇"，计十一组一百零六篇。

"人文"版保留了原版"论语十篇"到"庄子十篇"等先秦经典文，从原卷二调入了"诏令文十四篇"，"奏对文十四篇"，"箴铭文九篇"；将"世说新语十一篇"调往专收笔记文的卷四；将"容斋随笔（洪迈文）九篇"，"苏轼文十篇"，"陆游文十篇"调往多收个人文选的卷三。调整后详情为：

"论语十篇"，"孟子九篇"，"檀弓十篇"，"左传八篇"，"国语九篇"，"战国策十篇"，"庄子十篇"，"诏令文十四篇"，"奏对文十四篇"，"箴铭文九篇"，计十组一百零三篇。

五卷本皆以篇名作书名，《逝者如斯》即"论语十篇"第二篇之名。

目　录

[论语十篇]

师生之间（各言尔志）．．．．．．．．．．．．．．．．　002

逝者如斯（子在川上）．．．．．．．．．．．．．．．．　004

夺不走的（不可夺志）．．．．．．．．．．．．．．．．　006

什么最重要（子贡问政）．．．．．．．．．．．．．．．　008

君臣父子（齐景公问政）．．．．．．．．．．．．．．．　010

偏激和清高（必也狂狷乎）．．．．．．．．．．．．．．　012

忠不忠（论管仲）．．．．．．．．．．．．．．．．．．　014

何必使劲敲（荷蒉者）．．．．．．．．．．．．．．．．　016

阿鲤（陈亢问伯鱼）．．．．．．．．．．．．．．．．．　018

疯子的歌（楚狂接舆）．．．．．．．．．．．．．．．．　020

[孟子九篇]

尴尬的王（王顾左右）．．．．．．．．．．．．．．．．　024

暴君可杀（未闻弑君也）．．．．．．．．．．．．．．．　026

暴力无用（以德服人）．．．．．．．．．．．．．．．．　028

偷鸡的故事（何待来年）．．．．．．．．．．．．．．．　030

有毛病（人之患）．．．．．．．．．．．．．．．．．．　032

读书知人（友善士）．．．．．．．．．．．．．．．．．　034

001

杯水车薪（仁之胜不仁）................ 036

不能尽信书（不如无书）................ 038

民重于国（民为贵）.................... 040

〔檀弓十篇〕

死后别害人（成子高）.................. 044

想起袁世凯（为旧君反服）.............. 046

争接班（沐浴佩玉）.................... 048

杀人亦该有道（工尹商阳）.............. 050

孟姜女（杞梁妻）...................... 052

苛政猛于虎（孔子过泰山侧）............ 054

人的尊严（齐大饥）.................... 056

会讲话（善颂善祷）.................... 058

犬马的待遇（仲尼使埋狗）.............. 060

朋友之道（原壤母死）.................. 062

〔左传八篇〕

怀璧其罪（虞公出奔）.................. 066

政治与亲情（祭仲杀婿）................ 068

抗旱（臧文仲谏焚巫尪）................ 070

比太阳（贾季言赵衰赵盾）.............. 072

冤大头（陈杀其大夫泄冶）.............. 074

好有好报（晋侯谋息民）................ 076

品德更珍贵（不受献玉）..............078

城门之战（鲁师败于阳州）..........080

〔国语九篇〕

甲鱼太小了（文伯之母）............084

自家杀自家（惠公悔杀里克）........086

跟着走（文公遽见竖头须）..........088

知难不难（郭偃论治国）............090

当头一棒（范文子被责）............092

父亲的心（范武子知免）............094

想快点死（文子知晋难）............096

逮鹌鹑（叔向谏杀竖襄）............098

只为多开口（范献子聘鲁）..........100

〔战国策十篇〕

明白人难做（扁鹊投石）............104

玉石和鼠肉（应侯论名实）..........106

辩士（为中期说秦王）..............108

送耳环（薛公献珥）................110

邻人之女（齐人讥田骈）............112

说客（子象论中立）................114

听音乐（田子方谏文侯）............116

牛马同拉车（公孙衍为魏将）........118

狗咬人（白圭说新城君）............ 120

　　不是时候（卫人迎新妇）............ 122

〔庄子十篇〕

　　我是谁（梦为胡蝶）............ 126

　　千万别过头（吾生有涯）............ 128

　　选择自由（曳尾涂中）............ 130

　　真能画的人（解衣盘礴）............ 132

　　得心应手（捶钩者）............ 134

　　没有对手了（郢人）............ 136

　　儒生盗墓（诗礼发冢）............ 138

　　无用之用（惠子谓庄子）............ 140

　　寂寞（得鱼亡筌）............ 142

　　少宣传（知道易勿言难）............ 144

〔诏令文十四篇〕

　　将许越成（吴王夫差·告诸大夫）............ 148

　　约法三章（汉高祖·入关告谕）............ 150

　　千里马（汉文帝·却献千里马诏）............ 152

　　非常之人（汉武帝·求贤诏）............ 154

　　关心低工资（汉宣帝·益小吏俸诏）............ 156

　　给老同学（汉光武帝·与严光）............ 158

　　对吴宣战（曹操·与孙权书）............ 160

抚恤死者（曹操・军谯令）．．．．．．．．．．．　162

天灾人事（唐太宗・大水求直言诏）．．．．．．　164

模范君臣（唐太宗・问魏徵病手诏）．．．．．．　166

南下三条（宋太祖・敕曹彬伐南唐）．．．．．．　168

不戴高帽子（宋太祖・上尊号不允）．．．．．．　170

不杀读书人（宋太祖・戒碑）．．．．．．．．．．　172

民国开篇（孙文・就职誓词）．．．．．．．．．．　174

〔奏对文十四篇〕

脱祸求财（范蠡・为书辞勾践）．．．．．．．．．　178

不如卖活人（范座・献书魏王）．．．．．．．．．　180

反对坑儒（扶苏・谏始皇）．．．．．．．．．．．　182

请除肉刑（淳于缇萦・上书求赎父刑）．．．．　184

自告奋勇（终军・请使匈奴书）．．．．．．．．．　186

疏还是堵（平当・奏求治河策）．．．．．．．．．　188

一把菜（陈蕃・谏妄与人官）．．．．．．．．．．　190

攻其一点（高堂隆・上韦抱事）．．．．．．．．．　192

如何考绩（邓艾・上言积粟）．．．．．．．．．．　194

魏与吴（赵云・谏伐孙权疏）．．．．．．．．．．　196

不能看（魏谟・请不取注记奏）．．．．．．．．．　198

赏艺人（桑维翰・谏赐优伶无度疏）．．．．．．　200

长乐之道（冯道・论安不忘危状）．．．．．．．　202

拜佛无用（汪焕・谏事佛书）．．．．．．．．．．　204

[箴铭文九篇]

低姿态（正考父·鼎铭）..............208

少开口（韩愈·言箴）..............210

后有来者（舒元舆·玉箸篆志铭）......212

谁坑谁（司空图·秦坑铭）...........214

上天难欺（孟昶·戒石铭）..........216

抓住今天（朱熹·劝学说）..........218

廉生威（曹端·官箴）.............220

集句为铭（陈继儒·木瘿炉铭）......222

第一清官（张伯行·禁馈送檄）......224

论语十篇

师生之间

[念楼读]

　　颜渊和子路陪侍在孔子身旁，孔子对他俩道："随便谈谈各人的志愿好吗？愿意怎样生活？愿意成为一个什么样的人？"

　　子路道："我愿意能真心慷慨地对待朋友，自己的车马和好衣裳都拿来和朋友一起用，用坏了穿旧了也不在乎。"

　　颜渊道："我愿意做个谦逊的人，不夸耀自己的优点，不张扬自己的成绩。"

　　子路反过来对孔子道："请先生也谈谈自己的志愿。"

　　孔子道："唯愿老年人和我在一起能过得安详，朋友们和我在一起能互相信任，少年人和我在一起能感受到关怀。"

[念楼曰]

　　孔子曾经被法定为最伟大的导师，是官方明令崇拜的偶像，所以后来才要打倒孔家店。其实他本是苏格拉底、柏拉图一流，若不被包塑成大成至圣的金身，原可在思想史上占一席，不至于死尸还要从坟墓里被拖出来烧灰。

　　《论语》中我最喜欢"公西华侍坐"一章，不但"浴乎沂，风乎舞雩，咏而归"的描写动人，师生之间亦即教育者和被教育者之间，提倡自由地"各言尔志"，平等地进行讨论，此在今日亦属不可多得。可惜的是它篇幅较长，故取此章。

　　孔子身为导师而不说大话，最为可取。

各言尔志

论语

颜渊季路侍子曰盍各言尔志子路曰愿车马衣裘与朋友共敝之而无憾颜渊曰愿无伐善无施劳子路曰愿闻子之志子曰老者安之朋友信之少者怀之.

[学其短]

◎ 本文录自《论语·公冶长》。《论语》是孔子的语录,共二十篇,每篇分为若干章(本书统一称篇)。

◎ 孔子,春秋时鲁国陬地(今山东曲阜)人,名丘,字仲尼。

◎ 颜渊名回,季路(子路)姓仲名由,都是孔子的学生。

◎ "车马衣裘","裘"字上诸本均有"轻"字,阮元、钱大昕认为是后人错加的,从删。

逝 者 如 斯

[念楼读]

孔子站在河岸上，眼望着奔流不断的河水，不禁感叹道：
"要过去的，就这样一去不回头地过去了，没日没夜的啊！"

[念楼曰]

李泽厚著《论语今读》，说"这大概是全书中最重要的一句哲学话语"(原文如此)。我很惭愧不懂哲学，对于"哲学话语"知道应该尊重，却不大想去亲近，因为它们总使我觉得太"玄"了。事物和生活本来是明白和生动的，自有其意思和趣味，多少总能理解一点；若是经过哲学家一分析一提高，头脑简单如我者，往往反而不知所云。

我以为孔子是一位仁人，也可以称之为智者，却不是今人所谓的哲学家，虽然二者都是 philosopher。

《论语》中的孔子不像他被供在圣堂上的样子，更不像他后世的追随者。"逝者如斯"这句话流露出的无常之感，普通人触景生情时总也有过，读到它便会想到，原来二千五百年前的老夫子也有同我们一样的感受和情思，从而觉悟到人性的永恒和伟大。而他老人家把话说得这么精炼这么好，不要说我自己说不出，就是"大江流日夜""不尽长江滚滚来"等名句，比起来也不免逊色。于此又可见智慧的力量的确可以超越时空，逝者如斯，唯思想能长在耳。

子在川上

子在川上曰:逝者如斯夫,不舍昼夜。

论 语

[学其短]

◎ 本文录自《论语·子罕》。

夺不走的

[念楼读]

孔子道:"三军司令的指挥权,是能够被剥夺的;人的思想和意志,即使是一个普通的人,只要他有自信,能坚持,那也是无法剥夺,是夺不走的。"

[念楼曰]

旧小说写"老匹夫",是在骂人。常说的"匹夫之勇"也含贬义。直到读宝应刘氏父子的《论语正义》才明白:

> 匹夫者,《尔雅·释诂》:"匹,合也。"《书·尧典·疏》:"士大夫已上,则有妾媵;庶人无妾媵,惟夫妻相匹。其名既定,虽单,亦通谓之匹夫匹妇。"

原来匹夫便是无权势无力量蓄妾侍(小蜜、二奶……)的平头老百姓。

如果相信"天赋人权",则人人生而平等,都有独立的人格、自由的思想,都有发表意见坚持意见的权利。古人所云立志、持志、不可夺志,意思也差不多,但多半只是理想。因为在东方历史上专制政治的现实中,不要说匹夫,就是卿士大夫,要坚持自己不同于君王的意志和意见,也很难很难,是要付出很大代价的。

时至现代,情况当然不同了。梁漱溟要坚持自己的意见,就当不了中央人民政府委员,但可以当政协委员;这与他出身读书世家,熟习儒家经典自然很有关系。后来他又拒绝"批林批孔",还真的说了"匹夫不可夺志"的话,可算是绝无仅有的"老匹夫"了。

不可夺志

论语

子曰:三军可夺帅也,匹夫不可夺志也。

[学其短]

◎ 本文录自《论语·子罕》。

什么最重要

[念楼读]

子贡问怎样才能使国家稳定,孔子道:"要有充足的粮食储备,要有强大的武装力量,还要有广大人民的信任。"

"若不能同时保证这三项条件,怎么办?"

"宁可削弱武装力量。"

"若是仍不能兼顾,又怎么办?"

"宁可减少粮食储备。"孔子道,"可能会因缺粮死人,但人总难免要死;失去了人民的信任,政府必垮,国家必乱,死人只会更多。"

[念楼曰]

孔子讲仁。《中庸》云:"仁者,人也。"郑玄注:"读如相人偶之人。""相人偶"语出《仪礼》,意为人与人平等相亲。阮元云:"必人与人相偶而仁乃见。"仁就是要推己及人,视人犹己,就是讲人道主义。

讲仁,就要把人放在第一位。故厩中失火,孔子只问伤人乎,不问马。可是这里又说"自古皆有死",难道孔子也认为,既然死人的事情是经常发生的,那么死一些人便无足轻重吗?

我想孔子的本意绝非如此,而是强调必须先得到人民的信任,统治才能合法。强加给人民的统治,它造成的痛苦和死亡,会比遭灾荒更多。

维持统治的一切条件中,人民的信任是最最重要的。孔子的政治思想,这一点最为正确。

子贡问政

论语

子贡问政。子曰。足食足兵民信之矣。
子贡曰。必不得已而去于斯三者何
先。曰去兵子贡曰必不得已而去于
斯二者何先。曰去食。自古皆有死民
无信不立。

[学其短]

◎ 本文录自《论语·颜渊》。
◎ 子贡姓端木,名赐,是孔子的学生。

君臣父子

[念楼读]

齐景公问孔子:"理想的政治社会秩序,应该是怎样的呢?"

孔子答道:"君王就应该要像个君王,臣子就应该要像是臣子,父亲就应该要像个父亲,儿子就应该要像是儿子。"

"讲得好啊,"齐景公听了以后道,"讲真的,如果做君王的不像君王,做臣子的不像臣子,做父亲的不像父亲,做儿子的不像儿子,国家即使再富足,我又怎么会有好日子过呢?"

[念楼曰]

君臣之称,现在已变为领导与被领导者,不好类比了。父子之称则至今未变,却常听到父亲埋怨儿子不像话:"他倒是成了我的爷,我硬是在跟他做崽。"真父不父,子不子矣。

原说"君君,臣臣,父父,子子"是旧伦常,革命要破旧秩序,不能容它。其实孔子那时并非革命时代,并没有革命者。和孔子争夺过学生生源的少正卯,五条罪状也没一条是犯上作乱即革命。盗跖"日杀不辜,肝人之肉",亦并未杀父杀君,因为国君被杀会有记载,他自己的父亲也就是大名人柳下惠的父亲,如被杀也会有记载,所以做叉烧肝的原料还是小小老百姓。

我没正式为过臣,更没为过君,难言君臣之事。为子和为父却稍有经验,凭良心讲,还是觉得父父子子的好,不愿意父不父子不子。

齐景公问政

论语

齐景公问政于孔子．孔子对曰君君．臣臣父父子子．公曰善哉信如君不君臣不臣父不父子不子．虽有粟吾得而食诸．

[学其短]

◎ 本文录自《论语·颜渊》。
◎ 齐景公，齐国国君，公元前547年至前490年在位。孔子于公元前517年到齐国见过他。

偏激和清高

[念楼读]

孔子说:"与人共事,能找到思想不左不右、言行不激不随的人,那是最理想的;若是找不到,就宁愿找偏激一点、清高一点的人了。偏激的人,起码他还有活力,有追求;清高的人,至少不会无所不为,不会太不要脸。"

[念楼曰]

孔子最欣赏中行,就是行中道,不左不右。但中行绝不是无个性无原则地"跟风",这从孔子对狂狷的态度看得出来。

除了中行,孔子便宁取狂狷,深恶痛绝的(用朱熹形容的话)却是乡愿。何谓乡愿?朱注云:"谓谨愿之人也,乡里所谓愿人,谓之乡愿。"那么,孔子为什么要深恶痛绝地称"谨愿之人"为"德之贼",而宁愿找偏激清高的人呢?对于这个问题,孟子的答复是:

> 非之无举也,刺之无刺也。同乎流俗,合乎污世。居之似忠信,行之似廉洁。众皆悦之,自以为是,而不可与入尧舜之道。故曰,德之贼也。

第一句说找不出他什么毛病,第三、四句说考察没发现问题,群众意见更是一致说好,就该进班子了。看来孔子恨的只是他"同乎流俗,合乎污世",狂狷可取的也只有不同和不合这两点。

前几十年,左右都吃了亏,狂狷者则更惨;受益最多的,正是"众皆悦之"的乡愿,现在的情形恐怕仍是如此。

必也狂狷乎

论语

子曰：不得中行而与之，必也狂狷乎。狂者进取，狷者有所不为也。

[学其短]

◎ 本文录自《论语·子路》。

忠 不 忠

[念楼读]

　　子贡道:"管仲恐怕不能算是行仁义的人吧?齐桓公杀了管仲的主公公子纠,管仲并没有以身殉主,反而做了桓公的臣子,帮助他统治齐国。"

　　孔子却不以为然,说:"管仲辅佐齐桓公,使齐国强大,成为诸侯的领袖。各国的政治经济因此而得到发展,人民至今还在享受他的好处。假如没有管仲,我们很可能会遭异族侵凌,如今只怕是披头散发,穿游牧民族的衣服了。难道个人为了对主子表忠信,便可以不顾天下人的利益,一索子吊死在山沟沟里头,不明不白地去做主子的殉葬品吗?"

[念楼曰]

　　孔子说过"臣事君以忠",但这是以"君使臣以礼"为条件的。如果君使(支使)臣不以礼(不合乎道德规范、不符合人民利益),则臣事君亦不必忠。他并没有提倡无条件服从,没有提倡愚忠。

　　其实,即使君无失礼,臣亦未必非得为之尽忠。公子纠失国,非是失礼失德,而由于对手太强,孔子却仍能原谅管仲的不死。这里有一个最重要的原因,就是管仲留下自己一条命以后,为齐国和天下的百姓做了好事,"民到于今受其赐"。看来,忠不忠,要看对人民尽没尽心,不能只看对"主公"尽不尽节。

论管仲

论语

子贡曰:管仲非仁者与.桓公杀公子纠.不能死又相之.子曰管仲相桓公霸诸侯.一匡天下民到于今受其赐微管仲吾其被发左衽矣岂若匹夫匹妇之为谅也.自经于沟渎而莫之知也.

[学其短]

◎ 本文录自《论语·宪问》。

◎ 管仲原与召忽同佐齐公子纠。公子纠与公子小白争立，管仲奉命伏击小白，射中带钩。后小白得胜，即位为齐桓公。公子纠、召忽均被杀，管仲却因鲍叔牙之荐，做了齐桓公的大臣。

◎ 与，通"欤"。

何必使劲敲

[念楼读]

  孔子居留卫国时,有一次在击磬作乐,一个背草包的人从门前过,正好听见了清亮的磬声。

  "听这敲磬的声音,是有心要别人欣赏的吧。"背草包的人说道,"把这磬敲得当当响,好像在说'没人知道我呀,没人知道我呀'!岂不有些可鄙吗?

  "没人知道自己,也就罢了,何必如此使劲地去求呢?不是有两句这样的歌谣:

    河水深,过河不怕打湿身;河水干,扎起裤脚走浅滩。

  "也不看看现在是一河什么样的水,就值得你这样舍生忘命地想去投入吗?"

  "他也太武断了,"孔子听到这些话之后说道,"不过,若要我去说服他,只怕也难呢。"

[念楼曰]

  《论语》记载了门人弟子对孔子的许多称颂,也记载了持不同意见者对孔子的不少批评,并未削而不录。

  孔子当时已有很高的声望。"仲尼日月也,无得而逾焉。""夫子之不可及也,犹天之不可阶而升也。"对他够崇拜的了。但崇拜者多是弟子门人,孔子仍只是导师而非领袖,没有被戴上"纸糊的假冠",谁都碰不得。背草包的讲他几句亦无妨,这是孔子的一大优点。

荷蒉者

论语

子击磬于卫.有荷蒉而过孔氏之门者.曰有心哉击磬乎既而曰鄙哉硁硁乎.莫己知也斯己而已矣深则厉浅则揭.子曰果哉末之难矣.

[学其短]

◎ 本文录自《论语·宪问》。
◎ "深则厉,浅则揭"是《诗经·国风·匏有苦叶》中的句子。

阿 鲤

[念楼读]

　　孔子的儿子阿鲤,和陈亢他们同在孔子门下读书。

　　有回陈亢问阿鲤:"老师也教了你一些没有给我们大家讲过的东西吗?"阿鲤答道:"没有啊。有次父亲一个人站在院子里,见到我快步走过,只问:'读了《诗》吗?'我答说:'没有。''不读《诗》,没法学写作呢。'出来后我就读了《诗》。有次他又一个人站在院子里,见到我快步走过,又问:'读了《礼》吗?'我答说:'没有。''不读《礼》,不会懂规矩呀。'出来后我就读了《礼》。他单独对我说的就是这两次,对大家不也是讲的这些吗?"

　　听了孔鲤的回答,陈亢高兴地说道:"我这一问,有了三个收获:知道了该学《诗》,知道了该学《礼》,还知道了高尚的人不会特殊照顾自己的儿子。"

[念楼曰]

　　本章记录对话十分生动,至今仍然符合人们的语言习惯。金圣叹评《水浒传》瓦官寺和尚道:

　　　　"师兄请坐,听小僧……"智深睁着眼道:"你说你说。""……说,在先敝寺……"

以为"章法奇绝,从古未有"。其实孔门弟子在这里记录对话,同样省去了主语,《水浒》的章法,不是从古未有,而是古已有之。

陈亢问伯鱼

论语

陈亢问于伯鱼曰:子亦有异闻乎?对曰:未也。尝独立,鲤趋而过庭。曰:学诗乎?对曰:未也。不学诗,无以言。鲤退而学诗。他日又独立,鲤趋而过庭。曰:学礼乎?对曰:未也。不学礼,无以立。鲤退而学礼。闻斯二者。陈亢退而喜曰:问一得三,闻诗,闻礼,又闻君子之远其子也。

[学其短]

◎ 本文录自《论语·季氏》。
◎ 陈亢是孔子的学生,字子禽。
◎ 伯鱼名鲤,是孔子的儿子,也是孔子的学生。
◎ 《诗》即《诗经》,《礼》指《仪礼》,相传皆孔子所编订,用以教授。

疯 子 的 歌

[念楼读]

楚国人接舆,看上去有点疯疯癫癫,人称其为"楚疯子"。有一次他特地从孔子的车旁走过,嘴里唱着自己编的歌:

凤凰呀凤凰,请看看这世界成了个什么名堂。

过去的已经没法挽救,未来的还来得及商量。

刹车吧,赶快刹车吧!做官的绝没有好下场。

孔子听了,连忙下车,想和他谈谈;他却急急忙忙走开了,没有能够和他谈。

[念楼曰]

这个"楚疯子"和上文中那位背草包的,以及长沮、桀溺、荷蓧丈人、晨门者……都是散居于田野或市井中的隐者。他们的观点多接近道家(《庄子》中便记有接舆的言行,包括歌凤兮这件事),跟当权者不合作,对(儒家的)主流思想不认同,觉得孔子栖栖遑遑地东奔西跑犯不着,总想喊醒他。这是出于惺惺惜惺惺的好意,孔子对此完全理解,亦能报之以同情。

这是在"黄金时代"里才有的现象。后来思想渐"定于一",孔子被塑造成正统思想的偶像。他是绝对正确,绝对不许怀疑。百家变成了两家,绝对正确的当然要战胜绝对不正确的,"楚疯子"这样编歌唱被认为离经叛道,此种自由的批评、平等的讨论便不复可见。李卓吾割了喉咙,草包得到劳改队里去背,"疯子"则该送精神病院。

楚狂接舆

论语

楚狂接舆歌而过孔子曰．凤兮凤兮何德之衰往者不可谏来者犹可追已而已而今之从政者殆而孔子下欲与之言．趋而辟之不得与之言．

[学其短]

◎ 本文录自《论语·微子》。
◎ 接舆，楚国人，是佯狂避世的隐士。
◎ 辟，通"避"。

孟子九篇

尴尬的王

[念楼读]

孟子见齐宣王时,对宣王道:"假如大王的臣民中,有人要到楚国去,行前拜托朋友照顾家小。等到他回来,却见到妻儿在挨饿受冻。大王认为他对这位朋友该怎么办?"

宣王答道:"马上绝交,不要这样的朋友。"

又问:"管人的头头管不了手下的人,该怎么办?"

宣王答道:"撤他的职,停止他的工作。"

又问:"整个国家的政治腐败,社会混乱,又该怎么办?"

这一下宣王尴尬起来了。他望望这边,望望那边,支支吾吾把话题扯开了。

[念楼曰]

《史记·孟子荀卿列传》开头就说:

> 孟轲,邹人也,受业子思之门人。道既通,游事齐宣王,宣王不能用。

"道既通",就是学问已经很好。至少语言文字的功夫是上乘的,逻辑严密,词锋犀利,本文就是好例,请他当个"士师"应可胜任。为何"不能用"呢?恐怕正是词锋太犀利,弄得"王顾左右"下不来台的缘故。《四书集注》本卷首引宋儒之言曰:

> 孟子有些英气。才有英气,便有圭角。英气甚害事。

孟子称"亚圣",说话作文带英气有圭角,还"不能用",这大概就是古代东方的政治和文化。

王顾左右

孟子

孟子谓齐宣王曰：王之臣有托其妻子于其友而之楚游者，比其反也，则冻馁其妻子，则如之何？王曰：弃之。曰：士师不能治士，则如之何？王曰：已之。曰：四境之内不治，则如之何？王顾左右而言他。

[学其短]

◎ 本文录自《孟子·梁惠王下》。《孟子》为孟子及其门人所作，共七篇（各篇又分为上下），篇以下分章（本书统一称篇）。

◎ 孟子，名轲，字子舆，战国时邹地（今山东邹城）人。

◎ 齐宣王，齐国国君，公元前319至前301年在位。

暴君可杀

[念楼读]

齐宣王问孟子道："商汤原来向夏朝称臣，却用武力赶走夏桀；周武王本也是商朝的诸侯,却带头起兵攻打纣王。这些是不是真有其事？"

孟子回答道："史书上是这样记载的。"

宣王道："臣子居然敢于犯上，杀掉自己的君王，这难道是允许的吗？"

"严重摧残人民的君主，是害民的强盗；全靠暴力统治的君主，是专制的暴君；强盗和暴君，都是反人道的罪犯。"孟子道，"只听说纣这个坏事做绝、天怒人怨的家伙终于被清算，没听说谁杀了自己的君王啊。"

[念楼曰]

墨索里尼曾是意大利的"领袖"，结果被处死倒吊在街头。希特勒也曾是德意志的"元首"，饮弹自杀也的确没听说有谁大声抗议他被逼死，因为他们双手早沾满人民的鲜血，早就是杀人犯。杀人者死，天理昭彰。

法官判死刑，刽子手执法，那是依法杀人，即使法太严刑太酷，本人还不至于成杀人犯。指挥大兵团作战，杀敌几千几万，更属战争行为，不由统帅负责。只有夏桀、商纣、墨索里尼这类残民以逞的独夫民贼，才会被清算；他即使能保全首领死在床上，孟夫子的骂也是逃不脱的。

未闻弑君也

孟子

齐宣王问曰:汤放桀,武王伐纣,有诸.孟子对曰于传有之.曰臣弑其君可乎.曰贼仁者谓之贼,贼义者谓之残.残贼之人谓之一夫.闻诛一夫纣矣.未闻弑君也.

[学其短]

- 本文录自《孟子·梁惠王下》。
- 汤是商朝的建立者。夏桀荒淫无道,汤起兵攻桀,大胜,桀出奔,夏遂亡。
- 武王是周朝的第一代天子。商纣暴虐,武王会合诸侯伐之,纣兵败自焚而死。

暴力无用

[念楼读]

孟子道:"靠暴力压服别人,不管旗号多堂皇,口号多漂亮,也是行霸道;在国际关系上行霸道的,必然是大国。

"靠德政吸引人,重视人,一切以人为本的,便是行人道;行人道的,不一定要是大国。商汤起初的领地不过七十方里,周文王也只有一百方里。

"以暴力压服人,人心是不会服的,不过一时无力抵抗罢了。以德行感化人,人才会心悦诚服。孔子门下的弟子,都敬服孔子。《诗经》歌颂武王建成镐京,天下归心,是这样说的:

　　从西方到东方,从南方到北方,
　　人们的心都向着这里向着中央。

这便是德行感化人的结果啊。"

[念楼曰]

在动物世界里,大概完全靠"以力服人"(人在此作代词用,代表猴、鹿种种)。但是猴子争王、雄鹿争偶亦有规则,分胜负后天下便可初定,败者暂时退避,下一轮再来争雄。跟古时候比武招亲差不多,胜者并不"宜将剩勇追穷寇",非得把对手斩尽杀绝不可。此种自然法则,可能便是初民道德的萌芽。

《诗经》中保存了春秋时期许多优秀的民歌,是咱们传统文学宝库的精神;即其《雅》《颂》部分,虽然原流传于庙堂,也是有价值的政治道德遗产。《孟子》所引者可能是"三百篇"之外的佚诗,其价值也是毫不逊色的。

以德服人

孟子

孟子曰.以力假仁者霸.霸必有大国.以德行仁者王.王不待大.汤以七十里.文王以百里.以力服人者.非心服也.力不赡也.以德服人者.中心悦而诚服也.如七十子之服孔子也.诗云.自西自东.自南自北.无思不服.此之谓也.

[学其短]

- ◎ 本文录自《孟子·公孙丑上》。
- ◎ 汤,见第27页注。文王,周武王的父亲姬昌,原为商之诸侯。
- ◎ 七十子,孔子门下才德出众的学生有七十二人,称七十二贤或七十二子,此系举其整数。
- ◎ 《诗经·大雅·文王有声》:"镐京辟雍,自西自东,自南自北,无思不服,皇王烝哉。"

偷鸡的故事

[念楼读]

宋国的大夫戴盈之对孟子道:"要恢复古时的办法,将农业税降到十分之一,还要减免市上的关税,这一时难以做到。只能先将税率改轻些,来年再来彻底改,您看如何?"

孟子没有作正面的回答,却给他讲了下面这个故事:

"某人有个坏毛病,隔天总要从别人那里偷一只鸡。后来有人告诫他说:'偷鸡这样的坏事,有品格守规矩的人是不会干的。'他听了便说道:'我愿意改,先改为每个月偷一只鸡,来年再彻底改正。'

"既然知道应该改,那么就快一些改吧,何必等到来年呢?"

[念楼曰]

孟子之文,最著名的当然是"有为神农之言者许行"一章,气盛理足,论敌完全无法反驳,读来跟看鲁迅毛泽东的文章一样过瘾,可有时又觉得太霸气了。即如此篇,譬喻固妙,话亦简峭,的确是篇好杂文,但减田赋免关税究系国之大事,要求和停止偷鸡一样喊做到就做到,也未免不很合情理。

《孟子》七篇中佳文甚多,却少见《论语》"子在川上""吾与点也"之类有人情味可以当作散文读的篇章。这和孔子能宽容长沮桀溺,孟子却要辟杨朱墨翟,或同是一理。

说孟子强词夺理,我还没有这胆子,是抄了梁启超《论中国学术思想变迁之大势》里的话。

何待来年

孟子

戴盈之曰什一去关市之征今兹未能.请轻之以待来年然后已何如孟子曰今有人日攘其邻之鸡者或告之曰是非君子之道曰请损之月攘一鸡以待来年然后已如知其非义斯速已矣何待来年.

[学其短]

◎ 本文录自《孟子·滕文公下》。
◎ 戴盈之,宋国的大夫。

有 毛 病

[念楼读]

孟子说:"一个人如果一心只想当导师,只想教训别人,他一定是有毛病了。"

[念楼曰]

孟子曾说,"君子有三乐",其一是"得天下英才而教育之";又曾严厉批评过陈相,说他不该"师死而遂倍(背)之"。可见他本是重视教育、提倡尊师的。这也是儒家的传统。

孟子认为有毛病的,不是正正经经传道授业解惑的师。孔墨诲人不倦,是为了理想,为了责任;人们尽可不接受他们的教育,却不能不予以相当的尊重。《儒林外史》里面周进那样的三家村学究先生,虽然"呆,秀才,吃长斋,胡须满腮,经书不揭开"被取笑,毕竟他只是为了养家糊口,也情有可原,用不着孟子来说他。

孟子在这里讲的毛病,全在"好为人师"的"好"字上。"好"即是有瘾,瘾一重,便会产生种种精神症状。如果只是发花痴,或整天自言自语,倒还罢了。若是成了偏执狂、妄想症,小则像"教条主义老太太"那样聒噪难耐;大则如邪教之传播"经文",教别人赴汤蹈火;再大的则是洪秀全,发一阵高烧便成了上帝的次子,编出什么《原道醒世训》,硬要"点化"大众跟他去建立地上的天国。其症结皆在于自以为是伟大的导师,不听他的就不行。结果在世上造成无数麻烦,给世人带来无穷痛苦,毛病大矣。

人之患

孟子曰:人之患,在好为人师。

孟子

[学其短]

◎ 本文录自《孟子·离娄上》。

读 书 知 人

[念楼读]

孟子对万章道："以学问和品行在本地知名的人，一定会结交本地知名的人；在诸侯王国内知名的人，一定会结交本国以内知名的人；在普天下知名的人，一定会结交普天下知名的人。

"切磋学问，砥砺品行，只靠和朋友交流还不够，得取法乎上，追随古时的智者贤人。他们人虽然故去了，思想、创作和著述却还存在着。读他们的书，便能接近他们，了解他们的为人和时代，也就等于和他们交了朋友。

"从书中结交古时的智者贤人，可算是最高级的交友方式了。"

[念楼曰]

古人著书，是为了表达自己的思想感情。太史公"隐忍苟活"，唯一的原因是"恨私心有所不尽"，一定得写完《史记》，"藏之名山，传之其人"。要传的这一点"私心"，便是他的思想感情。二千年后的我们，读其书，知其人，论其世，犹不能不为之感动，觉得汉武何止"略输文采"，实乃视臣民如草芥的大暴君。于是我们便和二千年前的太史公有了交流，并从而获益。

当然，古人之中，也有当官以后，"改个号，讨个小，刻部稿"的；也有为了当官应制作文，为了得钱卖脸卖文的。这样的"书"印得再多也难传世，故我们亦无须为错交俗物而过虑。

友善士

孟子

孟子谓万章曰．一乡之善士斯友一乡之善士．一国之善士斯友一国之善士．天下之善士斯友天下之善士．以友天下之善士为未足又尚论古之人颂其诗读其书不知其人可乎是以论其世也．是尚友也．

[学其短]

◎ 本文录自《孟子·万章下》。
◎ 万章，战国齐人，孟子弟子。
◎ 尚，通"上"。
◎ 颂，通"诵"。

杯水车薪

[念楼读]

孟子说:"人道主义是人类进步的观念,它应该能不断克服不人道的现象,就像水能够灭火一样。现在有的地方,不人道的现象普遍地大量地存在,有时口头上也讲讲人道主义,却像端一小杯的水往满满一车柴的熊熊大火上泼洒,熄不了火,便说此时还不具备灭火的条件。这其实是在反对人道主义,等于参与和助长不人道的罪行。

"不人道的恶行,终归是要被人类弃绝,彻底灭亡的。"

[念楼曰]

人道主义是一个新词,我们的古书中没有它,只有"仁"。但我以为,用"人道主义"译"仁"是可以的。《说文》:

仁,亲也,从人,从二。

二人者,自己和别人也。将人和己都当作人,不当成异类,相亲而不相斗,此之谓仁,即人道主义。

"四人帮"把人道主义全送给资产阶级,只许称"革命的人道主义"。难道在未革命以前,咱们的祖宗和先人都是行兽道的吗?苏联也批判过小说、电影《第四十一》,严责红军女战士当孤岛上只剩下她和一个"漂亮的蓝眼睛"白军时,不立刻一枪崩掉他(虽然最后还是崩了),反而和他谈恋爱。我想,若此红军娭毑离休当了董事长,白军也没死从海外回来投资,久别重逢,岂不会成为如今拍电视的好材料?

仁之胜不仁

孟 子

[学其短]

孟子曰:仁之胜不仁也.犹水胜火.今之为仁者.犹以一杯水救一车薪之火也.不熄.则谓之水不胜火.此又与于不仁之甚者也.亦终必亡而已矣.

◎ 本文录自《孟子·告子上》。

不能尽信书

[念楼读]

　　孟子道:"专门记载古代历史的《书》(《书经》),也不能完全相信。如果硬要说它绝对正确,没有半点错误,那还不如不要它为好。

　　"我看《周书·武成》篇,便只取其一部分,因为它写武王伐纣,有的叙述明显是夸大了。武王统率的是大行仁义之师,各方响应,征伐的又是不仁不义已极的商纣,绝对孤立,胜负形势显然,当然一战即胜,仁者也决不会好杀。可是它写牧野之战'血流漂杵',意思是战场上流的血,将木杵都漂浮起来了,这怎么可能呢?"

[念楼曰]

　　《尚书》是"经",《孟子》后来也是"经",成为当了领袖又要当导师的专制帝王统一思想的本本,同时又成为考试的科目,抄都不准抄错一个字,谁还敢质疑它们说得不对。

　　杵的直径至少四五厘米,使它漂起来恐非血深两三寸不可。武王伐纣即使用人海战术,河南的黄土地大平原上要积几寸深的血,亦断无可能。那么《周书》原说得不对,孟子的批评则是对的。

　　本来经典也是人的著作,有对有错亦是当然,祖师爷自己有时还能承认,而后世信徒偏要奉为金科玉律,岂不可笑。

不如无书

孟 子

孟子曰：尽信书，则不如无书。吾于武成，取二三策而已矣。仁人无敌于天下，以至仁伐至不仁，而何其血之流杵也。

[学其短]

◎ 本文录自《孟子·尽心下》。
◎ 武成，《尚书·周书》的篇名，记武王伐纣之事。
◎ 策，古代连接成册的竹简。
◎ 杵，古代形如杵的兵器。

民重于国

[念楼读]

　　孟子道:"人民是首先应当尊重的,国家是第二位要尊重的,至于统治者个人,比较起来,就不那么特别需要尊重了。

　　"必须得到人民的信任,才适合当最高的统治者;而只要得到最高统治者的信任,便可以当诸侯;只要得到诸侯的信任,就可以当官吏。最高统治者的重要性尚不及国家的重要性,更何况诸侯和官吏呢?

　　"所以,如果诸侯的行为危害了国家,便应该换掉他。如果人民做了贡献,尽了义务,而国政不修,灾祸频仍,便应该改变国家的最高统治。"

[念楼曰]

　　在1914年北京第一公园中央公园(现在的中山公园)挂牌以前,社稷坛的名和实都还存在着,就在天安门旁边。辛亥革命以前,这里更是国家的象征、统治权力的象征。崇祯皇帝宁死不离京,恪遵"君死社稷"的古训,便赢得了不少尊敬;而后来的亡国之君,做了日本的干儿子,又向联共(布)呈交入党申请书(结果自然不批准),便只能令人瞧不起了。

　　孟子所说的"民为贵",可能不包括奴隶和贱民。"是亦圣人也,愿为圣人氓",至少也是陈相及其弟辛这样的"氓"(民)才合格。即使这样,也就尽可以使人羡慕的了。

民为贵

孟子

孟子曰：民为贵，社稷次之，君为轻。是故得乎丘民而为天子，得乎天子为诸侯，得乎诸侯为大夫。诸侯危社稷则变置。牺牲既成，粢盛既洁，祭祀以时，然而旱干水溢，则变置社稷。

[学其短]

◎ 本文录自《孟子·尽心下》。
◎ 社，土神；稷，谷神。古时均设坛庙祭祀，是国家的象征。
◎ 牺牲，宰杀来祭祀神祇的牲畜。
◎ 粢盛，装在祭器中祭祀神祇的谷物。

檀弓十篇

死后别害人

[念楼读]

　　成子高病倒了，病势十分沉重。庆遗进病房请问他道："您的病已经不轻了，万一难得好了，怎么办呢？"

　　子高知道这是在征询自己对后事的意见，于是对庆遗道："听别人说过，一个人活着总要于人有益，死后总要于人无害。我即使活在世上对人没有多少益处，死后也不能让坟墓占掉良田，给后人留下害处呀！你们找一块不能栽种的地方将我埋掉就得啦。"

[念楼曰]

　　古人重丧葬，统治阶级尤其如此，劳民伤财在所不惜。成子高却是个例外，他不想在自己死后，修坟墓还要占掉大片有用的土地，认为这是"以死害人"。他的生死观，实在远高于古代大修陵墓的秦皇汉武。

　　关于《檀弓》的文章，洪迈谓之"雄健精工，虽楚汉间诸人不能及"；胡应麟称其"在《左传》《考工》之上，《公》《谷》所远不俾"；陈世崇评《沐浴佩玉》一章"迭四沐浴佩玉字，而文不繁"，《齐大饥》一章"省二饿者黔娄字，而文愈简"，誉为古人叙事的典范。本篇则不仅文字"精工"，思想更为可取。

成子高

檀弓

成子高寝疾,庆遗入请曰:子之病革矣.如至乎大病,则如之何?子高曰:吾闻之也,生有益于人,死不害于人.吾纵生无益于人,吾可以死害于人乎哉?我死则择不食之地而葬我焉.

[学其短]

- 本文录自《礼记·檀弓上》,檀弓本是人名,《礼记》记其言,遂以其名作为篇章名。
- 成子高,春秋时齐国的大夫。
- 革,通"亟",很急迫的意思。

想起袁世凯

[念楼读]

鲁穆公问子思道："离开原来的君主改投新君的臣子，还为死去的旧君服丧，是古时的规矩吗？"

子思答道："古时读书做官的人，为君主服务时，一切都依规矩；不得已离开君主时，也一切都依规矩，所以依规矩为旧君服丧。如今读书做官的人，想巴结君主时，可以将身体给他当坐垫；改换门庭后，又可以反戈一击恨不得将他推入万丈深渊。只要不带着军队杀过来就不错了，还有什么为旧君服丧的规矩可讲？"

[念楼曰]

民国成立后不久，代表清廷下退位诏书，决定"将统治权公诸全国，定为共和立宪国体"的隆裕太后便去世了。民国大总统袁世凯特遣专使吊唁，送了这样一副挽联：

后亦先帝之臣，得变法心传，遂公天下；

礼为旧君有服，匆共和手诏，尚在人间。

"礼为旧君有服"出于《孟子》，看来袁世凯还是将隆裕视为旧君，愿意为之"尽礼"的，虽然迫使孤儿寡妇"逊国"的也是他。

这已是百年前的旧事了。社会道德观念的变化，应该说比时间的变化更快，袁世凯若生于今日，恐怕连假惺惺亦不必做，夏寿田、张一麐辈的笔杆子也无须劳烦了。

不过平心而论，挽联还是副好挽联。如今就是要讲礼数，又到哪里寻找这样的作者呢？

为旧君反服

檀弓

穆公问于子思曰：为旧君反服，古与？子思曰：古之君子，进人以礼，退人以礼，故有旧君反服之礼也。今之君子，进人若将加诸膝，退人若将队诸渊，毋为戎首，不亦善乎？又何反服之礼之有。

[学其短]

◎ 本文录自《礼记·檀弓下》。
◎ 子思，即孔伋，孔子之孙。
◎ 与，通"欤"。
◎ 队，通"坠"。

争接班

[念楼读]

　　卫国的大夫石骀仲死了,他没有正妻生的嫡子,只有姬妾生的六个庶子,要用龟卜决定谁来继承,说是得修饰仪容佩戴玉饰,才能卜得吉兆。

　　有五个庶子都忙着修饰仪容佩戴玉饰,只有石祁子说:"哪有为父亲服丧,却修饰仪容佩戴玉饰的呀!"便不修饰仪容不佩戴玉饰去占卜,结果却是他卜得了吉兆。

　　卫国的人,都说这次的龟卜真灵验。

[念楼曰]

　　接班人的位子总是要争的。民主国家还好办,一人一票,选出来就是,即使选上个混蛋,也可以弹劾,罢免。家天下的国家则不大好办,父传子子传孙外人固然无话可说,祸起萧墙变生肘腋也叫人防不胜防。李家的老二杀了老大、老三,朱家的叔叔逼死了亲侄子,爱新觉罗家即金家的阿哥们也斗得凶,雍正虽未亲手杀人,八阿哥九阿哥仍"暴卒"于高墙之内。像石家庶子这样以占卜分胜负,要算顶文明的了。

　　"五人者皆沐浴佩玉",石祁子偏不,仍然披麻戴孝哀毁骨立,真是个孝子,难怪"有知"的乌龟会选中他。

　　石祁子接了班,"五人者"悔不该沐浴佩玉也迟了,但大夫第的禄米还是会分给他们一份,玉饰也还是会让他们佩戴的。总比在国内没接到班,跑到国外躲起来,还被人用毒物涂抹脸上毒死幸运多了。

沐浴佩玉

檀 弓

石骀仲卒．无嫡子．有庶子六人．卜所以为后者曰沐浴佩玉则兆．五人者皆沐浴佩玉．石祁子曰孰有执亲之丧而沐浴佩玉者乎不沐浴佩玉．石祁子兆．卫人以龟为有知也．

[学其短]

◎ 本文录自《礼记·檀弓下》。

◎ 兆，此处指用龟甲占卜，卜得吉兆。

◎ 古礼，孝子居丧，须"衰绖憔悴"，故不宜修饰打扮。

杀人亦该有道

[念楼读]

　　工尹商阳随同公子弃疾追击吴军，追上以后，公子对商阳道："这是国家的事，你赶快拿起弓来啊！"商阳拿出了弓，公子又道："你射呀！"

　　商阳开弓射杀了一人，便收弓入袋。但楚军的车马还在继续追，又追上了，公子又对商阳说，商阳又射杀了两人。

　　两次射杀人后，商阳都掩上了自己的眼睛，接着便叫停车不追了，说："庆功酒不去吃了，我也不去坐上头了；已经杀了三名敌军，我们总算执行命令了。"

　　孔子说："商阳也在杀人，但还是很有节制的呢。"

[念楼曰]

　　语云"盗亦有道"，现在说的是战争杀人亦该有道，即应该遵守规则，遵守国际法。二战中日军虐杀战俘，违犯了国际公法，负责的主官山下奉文，战后便因此受审判。

　　孔子是肯定工尹商阳的，认为他"杀人之中有礼"，这"礼"便是当时的规则。《左传》记载过宋襄公统率作战主张"不重伤"（不重复杀伤已负伤者）、"不禽二毛"（不擒拿老者）的故事，其实宋襄公身体力行的，也正是当时的规则。难道为了打胜仗夺天下就得杀伤兵，抓老者，将仁义道德、人道主义全都抛弃吗？

　　商阳不追"穷寇"，不求多杀，我以为总是做得好的。人们崇尚真善美，厌弃假恶丑。战争杀人，一般都视为恶事，好像无法在其中发现真善美了，但《檀弓》此篇，仍依稀能使人引起一些联想。

工尹商阳

檀 弓

工尹商阳与陈弃疾追吴师及之.陈弃疾谓工尹商阳曰王事也子手弓而可.手弓子射诸射之毙一人韔弓又以谓之又毙二人每毙一人揜其目止其御曰朝不坐燕不与杀三人亦足以反命矣孔子曰杀人之中又有礼焉

[学其短]

◎ 本文录自《礼记·檀弓下》。
◎ 工尹，楚国的官名。商阳则是任此职的人名。
◎ 陈弃疾，即楚公子弃疾，曾为楚灭陈，故称。
◎ 揜，同"掩"。
◎ 燕，通"宴"。

孟姜女

[念楼读]

齐庄公发兵袭击莒国，在一处名叫"夺"的地方发生战斗，大夫杞梁在那里战死了。杞梁的妻子到路上来迎接丈夫的灵柩，哭得十分悲伤。

庄公派人到路上去慰问她。她说："主公的臣子如果是犯法而死，尸首就应该公开示众，妻子也应该拘禁起来；如果不是犯法而死，吊唁的地方就应该在他自己家里，父母总算给我们留下了几间破房子，主公不必派人来到这荒郊野外。"

[念楼曰]

杞梁妻便是后世传说中的孟姜女。

从表面上看，杞梁之妻只是争一个合乎规格的丧礼，其实她是对国君发动战争，驱使臣子去"为国捐躯"有深切的不满，对国君假惺惺地派人来"路祭"更不满，才会将战死疆场和砍头示众相提并论。

齐庄公称霸主远不够格，也要称兵耀武，对外侵略去打莒国。后来的专制君主，越热心打仗的，越能青史留名，秦皇、汉武、唐（太）宗、宋（太）祖便是典型，成吉思汗的武功更为显赫。

至于东征西讨要死多少个杞梁，有多少杞梁妻要哭之哀，唐宗宋祖们是不会怎么考虑的。"边庭流血成海水，武皇开边意未已。""君不见，青海头，古来白骨无人收。"初中时读过的这些诗篇，至今还记得。

但老百姓心中是有数的，于是创造了哭倒长城的孟姜女。

杞梁妻

檀弓

齐庄公袭莒于夺,杞梁死焉.其妻迎其柩于路而哭之哀.庄公使人吊之.对曰,君之臣不免于罪,则将肆诸市朝而妻妾执.君之臣免于罪,则有先人之敝庐在.君无所辱命.

[学其短]

◎ 本文录自《礼记·檀弓下》。
◎ 莒,春秋时国名,城在今山东莒县境内。
◎ 肆,陈尸也。

苛政猛于虎

[念楼读]

　　孔子一行经过泰山旁边，见有个妇人在坟墓前哭得十分凄惨。孔子很用心地听了一会，便要子贡去问她道："听你这样哭，一定有很伤心的事吧。"

　　妇人说："是啊，从前我公公就是被老虎咬死的，后来丈夫也是老虎咬死的，如今儿子又被老虎咬死了。"

　　孔子问："为什么不搬家离开此地呢？"

　　"因为这里的政府比较好，当官的不那么凶啊。"

　　"大家都听到了罢，"孔子对学生们道，"你们得好好记住，暴虐的政府比老虎还可怕啊！"

[念楼曰]

　　老百姓活得真不容易，一家三代都被老虎咬死了，既无人来抚恤慰问，更不见解珍解宝兄弟俩奉了杖限文书来为民除害。三十六计走为上吧，人多之处没有吊睛白额虎，可那戴官帽穿官服的同样要吃人肉喝人血，他们虽然只生两只脚，敲骨吸髓却比四只脚的更凶残；又不敢往山更深、林更密的地方走，那里大老爷们不会去，大虫却更多了。

　　于是只好在吾舅吾夫吾子的坟旁守着，难过得不行便哭一哭，但哭声太大哭得太久也不行，怕招得老虎再来。真不容易啊！

　　《孔子过泰山侧》是《檀弓》中传诵最广的一篇，几十年前，几乎各种课本都选上它的，如今应该不需要了，许是老虎和苛政都没有了吧。

孔子过泰山侧

檀弓

孔子过泰山侧.有妇人哭于墓者而哀.夫子式而听之.使子贡问之曰子之哭也壹似重有忧者.而曰然昔者吾舅死于虎.吾夫又死焉今吾子又死焉.夫子曰何为不去也.曰无苛政.夫子曰小子识之苛政猛于虎也.

[学其短]

- ◎ 本文录自《礼记·檀弓下》。
- ◎ 式,将双手搁在车轼上,是乘车人表示敬意的一种姿势。
- ◎ 壹,肯定的意思。

人 的 尊 严

[念楼读]

　　齐国闹大饥荒，一个叫黔敖的人，到大路旁去向逃荒的饥民施放食物。见有个饿汉跌跌撞撞地走来，趿拉着鞋子，奇怪的是还将衣裳遮着脸。黔敖忙迎上前去，一手端着饮水，一手端着饭食，招呼那饿汉道：

　　"哎！来吃啊！"

　　饿汉露出脸来望了黔敖一眼，冷冷地说：

　　"我就是不吃'哎'我来吃的饭，才走到这一步的。"说着便继续跌跌撞撞地走过去了。

　　黔敖跟着他走，向他道歉，但他硬是不肯接受施舍，终于饿死了。

　　曾子听说以后道："何必呢？开头'哎'你可以不接受，后来向你道了歉，也就可以接过去吃了。"

[念楼曰]

　　檀弓的文字真的很好，读时不仅能欣赏文章之美，更能从中看到极有性格的古人。

　　黔敖是一位古时的慈善家、志愿者。他以个人身份参加社会救助，而他对发饿肚子脾气的汉子，是多么宽容，多有礼貌。那汉子宁可饿死，也要保持自己作为人的尊严，又是多么令人起敬。近日阅报，见有乞丐跪地讨钱去嫖老妓女，二千余年来要饭的人格变化之大，叹为观止矣。

齐大饥

檀弓

齐大饥。黔敖为食于路，以待饿者而食之。有饿者蒙袂辑屦，贸贸然来。黔敖左奉食，右执饮，曰：嗟来食。扬其目而视之，曰：予唯不食嗟来之食，以至于斯也。从而谢焉，终不食而死。曾子闻之曰：微与，其嗟也可去，其谢也可食。

[学其短]

◎ 本文录自《礼记·檀弓下》。

◎ 辑，原注为敛，是收的意思，说因饿者无力穿鞋。我却纳闷如何收法，夹在腋下岂不更加费力吗？收入行囊黔敖又怎能见到呢？

◎ 曾子，名参，与其父曾皙都是孔子的学生。

会 讲 话

[念楼读]

　　晋国的赵文子新建府第落成,大夫们都备礼来祝贺。张老大夫致贺词道:"多宏伟呀,多美丽呀!在这里笑,在这里唱,在这里高兴得流眼泪,族人和客人都团聚在这里。"

　　文子接着致答词道:"我赵武能够在这里笑,在这里唱,在这里高兴得流眼泪,族人和客人都团聚在这里,那就是托大家的福,能够一生平安,直到追随列祖列宗于地下了。"说完又恭敬地跪下行礼。

　　张老和文子的致辞,听者无不称好。都说,这真是既会恭维,又会答谢。

[念楼曰]

　　赵家世代为晋重臣,晋文公"反国及霸,多赵衰计策"(《史记》);衰子赵盾为晋上卿,专国政者二十余年;盾子赵朔娶了晋景公之姊,刚生下赵武,赵家就被灭门,男人全被诛杀,只剩下赵武一个,是为"赵氏孤儿",有戏剧传世,便是至今还在演的《搜孤救孤》。

　　杀赵朔满门,说是屠岸贾"不请"君命所为,我想这是不大可能的。十五年后,晋景公又要为姐夫平反,遂"胁诸将"使"攻屠岸贾,灭其族,复与赵武田邑如故",赵家又复兴了。新府第造得美轮美奂,但父亲被杀、母亲裤内藏孤,却还不曾忘记,难怪赵武要祷祝神灵,只求能"全要领以从先大夫于九原"了。

　　政治斗争真是残酷而不可预测的啊,在专制制度下。

善颂善祷

檀弓

晋献文子成室.晋大夫发焉.张老曰美哉轮焉美哉奂焉歌于斯哭于斯聚国族于斯.文子曰武也得歌于斯哭于斯聚国族于斯是全要领以从先大夫于九京也北面再拜稽首君子谓之善颂善祷.

[学其短]

◎ 本文录自《礼记·檀弓下》。
◎ 文子,姓赵名武,即赵孟。
◎ 发,打发礼物,前往别人家庆贺。
◎ 要领,要,通"腰";指人的腰和颈。
◎ 九京,郑玄和孔颖达都认为"京"为"原"之误,指地下。

犬马的待遇

[念楼读]

孔子养的狗死了，要子贡将死狗拿去埋葬，对他说：

"常言道，破了的帷幕不要丢弃，留着来埋马；破了的伞盖不要丢弃，留着来埋狗。我家里穷，没有伞盖，也得拿床席子去包起它，不要让泥土直接压着它的头啊。"

[念楼曰]

狗作为宠物，如今的地位是比较高了，死后也有好好埋葬它的了。但在过去，犬马列于"六畜"，而畜牲不过是活的工具或玩具，爱惜不爱惜它全凭主人，谈不到死后还有什么"待遇"。孔子葬狗，实行"狗道主义"，乃是他仁爱之心的一种体现。爱惜和自己亲近过、为自己服务过的一切生命及其载体，即使是犬马的身躯，这是有仁爱之心的、有道德的人才能做得到，普通的人是难以做到的。

君王称"圣"称"神"，其实他们的道德和智慧，最多亦只是普通人的水平，往往还在普通人之下。孟子曰："君之视臣如犬马，则臣视君为路人。""如犬马"恐怕正是君视臣的常态，如手足者殆属仅见，如草芥者当亦不少。士大夫都成了犬马，草根民众则犬马不如了。现代极权国家的君王（也有不叫君王的，如希特勒之称"元首"，墨索里尼之称"领袖"……），视臣民尚不如犬马者，恐怕更多一些。

仲尼使埋狗

檀弓

仲尼之畜狗死,使子贡埋之,曰:吾闻之也,敝帷不弃,为埋马也,敝盖不弃,为埋狗也。丘也贫,无盖,于其封也,亦予之席,毋使其首陷焉。

[学其短]

◎ 本文录自《礼记·檀弓下》。
◎ 子贡,孔子的学生,复姓端木,名赐。

朋友之道

[念楼读]

　　孔子有个老朋友叫原壤，他的母亲死了，孔子去帮他整治棺椁。原壤却爬上准备做棺椁的木材堆，说："好久了，我没有痛痛快快地唱歌了啊！"便唱起歌来：

　　　　长满了点点的哟，那是花狐狸的头；
　　　　女人般软软的哟，那是拿斧子的手。

孔子知道原壤是在打趣自己不会拿斧子，却装作没有听见。同去的人对孔子说："瞧他这种态度，您不必再在这里帮忙干了吧。"孔子回答道："亲人不应该不像亲人，朋友也不应该不像朋友啊！"

[念楼曰]

　　关于原壤，《论语》中有这么一节叙述：

　　　　原壤夷俟，子曰："幼而不孙弟（逊悌），长而无述焉，老而不死，是为贼。"以杖叩其胫。

大意是说，原壤在孔子来时蹲着不起身，孔子道，"少年时傲气十足，长大了无所作为，老到这样了还如此放肆，怎么行"，于是用手杖轻轻敲他的小腿，想请他站起来相见。

　　如果不读《檀弓》，只看《论语》，好像孔子真是海瑞设置的"司风化之官"，见了谁不合意就会用警棍打。如今才知道，原壤原来是"孔子之故人"，俩老朋友一个是诲人不倦的夫子，另一个却如朱熹集注所说的，"母死而歌，盖老氏之流，自放于礼法之外者"。叩其胫也好，歌狸首也好，都含有调侃之意，也就是虽然道不同但仍能互相理解的朋友之间在进行箴规。

原壤母死

檀弓

孔子之故人曰原壤,其母死,夫子助之沐椁。原壤登木曰:久矣予之不托于音也。歌曰:狸首之斑然,执女手之卷然。夫子为弗闻也者而过之。从者曰:子未可以已乎?夫子曰:丘闻之,亲者毋失其为亲也,故者毋失其为故也。

[学其短]

◎ 本文录自《礼记·檀弓下》。

左传八篇

怀璧其罪

[念楼读]

　　虞国的国君称虞公。虞公有个弟弟，人称虞叔。虞叔藏有一块美玉，虞公向他索要，他开头不肯答应，想想又后悔了，说："周地有句俗话说得好，'老百姓本来没犯法，有了宝贝就犯了法'；留这玉有什么用，只会给我带来祸害。"于是他将玉献给了虞公。

　　可是虞公接着又来索要他的宝剑。这时虞叔终于忍不住了，说："这样没完没了地要，最后就会来要我的命。"虞叔便举兵造反，虞公被迫逃亡到共池去了。

[念楼曰]

　　韩愈说"《春秋》谨严，左氏浮夸"，这里说浮夸并无贬义，是形容左氏会作传，会演义，把《春秋》虽简明但未免枯燥的经文演活了。像这一则，便是一个精彩的故事。

　　故事再精彩，过了两千五百年，记得的人毕竟不多了。但"匹夫无罪,怀璧其罪"这句话，却稳站在成语辞典上，比故事本身经久得多。

　　只要有人凌驾于别人之上，不仅有夺人之"璧"的特权，而且有科人以"罪"的特权，这句话就会在人们的口头和心头上传下去。

　　夺的方式可以变。秦始皇徙天下豪富十二万户于咸阳，十二万户的"璧"就归他了。乾隆叫沈德潜代他作诗，作出来的也就成御制诗了。如虞公者犹小儿科，所以东西没夺到还得跑。

虞公出奔

左传

初,虞叔有玉,虞公求旃,弗献,既而悔之,曰:周谚有之,匹夫无罪,怀璧其罪,吾焉用此,其以贾害也,乃献之,又求其宝剑,叔曰,是无厌也,无厌将及我,遂伐虞公,故虞公出奔共池.

[学其短]

- 本文录自《左传·桓公十年》。《左传》是左丘明(生卒年不详)为鲁史《春秋》作的"传"。
- 虞,春秋时诸侯国名,地在今山西平陆一带。
- 旃,在这里作"之"字用。
- 共池,地名,在平陆之西。

政治与亲情

[念楼读]

公子突即位当了郑伯，拥立太子忽的祭仲还在朝中掌权。郑伯很不放心，便拉拢祭仲的女婿雍纠，叫他杀掉自己的丈人公。雍纠接受了任务，便请祭仲到郊外赴宴，准备下手。

雍夫人觉察到了这个阴谋，忙回娘家问娘："父亲和丈夫比，哪一个更亲？"娘道："凡男人都可为夫，父亲却只有一个，怎么能相比呢。"于是雍夫人便把自己的担心告诉了父亲："雍家的筵席不在家里办，却要到郊外去，您可得当心啊。"

于是祭仲先动手杀掉了雍纠，将尸首摆在周家的池塘边示众。郑伯知大势已去，只好出国逃亡，临行叫人带上雍纠的尸体，指着死尸道："密谋让女人知道，死也活该。"

[念楼曰]

按理说，女婿请岳丈饮宴，女儿找母亲谈心，都是亲情之举。由姻缘联着的祭雍两家，关系本来是融洽的。可是突然女婿要杀岳丈，女儿要决定是让丈夫杀父亲，还是帮父亲杀丈夫。如此血淋淋，如此不容情，全是政治斗争进入家庭的结果，真是你死我活的斗争啊。

常言政治有理无情。郑伯叫雍纠杀祭仲，想必也讲了大义灭亲一类大道理，但却摧毁了人之所以为人的亲情。读史常觉政治斗争可怕，尤其是无规则可循、不公开进行、策划于密室、操作于暗箱的政治斗争，更使人毛骨悚然。

祭仲杀婿

左传

祭仲专,郑伯患之,使其婿雍纠杀之。将享诸郊。雍姬知之,谓其母曰:父与夫孰亲?其母曰:人尽夫也,父一而已,胡可比也。遂告祭仲曰:雍氏舍其室而将享子于郊,吾惑之,以告祭仲杀雍纠,尸诸周氏之汪。公载以出曰:谋及妇人,宜其死也。

[学其短]

- 本文录自《左传·桓公十五年》。
- 祭仲,春秋时郑国的大夫,因拥立太子忽(昭公),而为由宋国支持即位的公子突(厉公)所忌,险遭谋杀。事泄,厉公出奔,昭公复位。
- 伯,爵位名。郑伯,郑国的国君。此时的郑伯即郑厉公。

抗　旱

[念楼读]

　　夏天久旱不雨，据说是女巫和尪人在作怪，把他们捉来烧死，天就会下雨了。

　　国君准备下令捉人时，臧文仲谏阻道："这不是抗旱的办法。只有以工代赈，省吃俭用，劝富济贫，补栽补种，才能度过灾荒。天灾和女巫、尪人有什么关系？上天既然让他们生在世上，便不会同意将他们弄死。如果他们真有制造灾害的能力，烧死他们也只会旱得更加厉害。"

　　国君听从了他的话。结果本年虽然因旱成灾，出现了饥荒，却并没有发生大的动乱。

[念楼曰]

　　人类面临的问题非常多，细究起却只两个：怎样对待自然？怎样对待人？任何一个问题处理不好，都会跌大跟头，走大弯路，甚至毁灭了自己。古印加和古罗马可以为证。

　　人在大自然面前是无力的。古汉语无大自然一词，只称天。须知人只能顺天，替天行道已属自不量力，逆天而行更是自找苦吃。最糟的则是获罪于天遭了报应，却拿人来出气。历朝统治者这样干的很多，焚巫尪即是一例。

　　臧文仲是可敬的。他知道对付天灾只能尽人力行人道，做得一分便是一分。他也知道即使是为了救人（灾），杀人也是违反天意的，天不会答应。这实在是人道主义在历史长夜中闪光。虽然孔夫子骂过他，但他的这番话仍堪称金不换。

臧文仲谏焚巫尪

左传

夏大旱，公欲焚巫尪。臧文仲曰：非旱备也。修城郭，贬食省用，务穑劝分，此其务也。巫尪何为？天欲杀之，则如勿生。若能为旱，焚之滋甚。公从之。是岁也，饥而不害。

[学其短]

◎ 本文录自《左传·僖公二十一年》。文中的公便是鲁僖公。
◎ 臧文仲，鲁国的大夫。
◎ 尪，音汪，脸只能朝天的残疾人。迷信以为上天怜惜尪人，怕雨水注入他的鼻孔，因而不下雨。
◎ 修城郭，古人注释说是为防备外国趁旱灾来侵犯。其实只要说以工代赈便可以了，因为城郭都是为了防备外敌的。

比 太 阳

[念楼读]

　　狄人来侵犯我（鲁）国的边界，国君连忙向晋国告急，因为晋国是诸侯的盟主。

　　晋国执政的大臣原是赵衰，这时已经交权给儿子赵盾——赵宣子。得知狄人侵鲁，宣子便派了贾季前去责问在狄人那里主事的酆舒，要求停止侵犯。

　　谈完正事以后，酆舒问贾季道："贵国的新执政，比起他的父亲来，哪个更贤明，更能干呢？"

　　贾季答道："在敝国人心目中，他俩都是明亮的太阳。赵衰若是冬天的太阳，赵盾就是夏天的太阳啦。"

[念楼曰]

　　东周列国，都得办外交，这方面的人才不少。贾季答酆舒，既宣传了本国执政的威望如日中天，又警告了对方别希望新领导会软弱。"他可是六月的太阳，厉害着呢！"

　　秦汉大一统后，此类精彩表现反而少了。自己强时便去"系楼兰王颈"，别人强时便送公主去和亲，用不着讲究外交辞令和艺术。一人独裁，对"北走胡南入越"的人越来越不放心。郭嵩焘使英，去听音乐会都有人打小报告。如果他敢在外国人面前说恭亲王是冬天的太阳，曾中堂是夏天的太阳，那就是里通外国反老佛爷，不判斩立决也会判斩监候。

贾季言赵衰赵盾

左传

[学其短]

狄侵我西鄙。公使告于晋,赵宣子使因贾季问酆舒,且让之。酆舒问于贾季曰:赵衰赵盾孰贤?对曰:赵衰冬日之日也,赵盾夏日之日也。

◎ 本文录自《左传·文公七年》。文中之"我"即鲁国,"公"即鲁文公。
◎ 贾季,晋国的大夫。
◎ 赵氏,晋国当权的世家,从赵衰起执政,其子赵盾即赵宣子。后三家分晋,赵为其一。
◎ 狄,分布于秦、晋北方的少数民族,后逐渐壮大,多次南侵。
◎ 酆舒,狄人之相。

冤 大 头

[念楼读]

　　陈灵公、孔宁、仪行父同夏姬淫乱，三人不顾君臣之礼，都贴身穿着夏姬的内衣，在朝廷上互相显示，开下流玩笑。大夫泄冶看不下去，对灵公进谏道："国君和大臣白昼宣淫，怎么给国人做榜样，而且自己的名声也不好，快把女人的内衣收起来吧！"

　　灵公一时下不了台，只好说："我改嘛！"转身却找孔宁、仪行父商量。二人主张杀掉泄冶，灵公也不说不行，等于默认。于是泄冶被杀。

　　孔子知道这事以后，说道："不是有两句诗，'对那些不要脸的人哪，千万别跟他们讲规矩'，真好像是为泄冶写的呀。"

[念楼曰]

　　旧小说将夏姬写成淫得不得了的女人，古人也说她"杀三夫一君一子，亡一国两卿"，仿佛真是祸水。其实她不过如古希腊海伦，男人人见人爱，沾上舍不得丢罢了。说到淫和祸国祸人，根子还是陈灵公。孔、仪虽身为高干，也只是镶边，未脱带马拉皮条的本色。

　　冤大头却是泄冶。昏淫之"君"犹禽兽，禽兽是听得进人话的吗？那时列国来去自由，看不惯何不远走高飞，等陈国大扫除后再回来。若真不能容忍，或欲一死以成名，又何不先行夏征舒之事，一箭把昏君射死，然后自裁，总比死在拉皮条的人手里好一些。

陈杀其大夫泄冶

左传

陈灵公与孔宁仪行父通于夏姬。皆衷其衵服以戏于朝。泄冶谏曰：公卿宣淫，民无效焉。且闻不令。君其纳之。公曰：吾能改矣。公告二子。二子请杀之。公弗禁。遂杀泄冶。孔子曰：诗云民之多辟，无自立辟。其泄冶之谓乎。

[学其短]

◎ 本文录自《左传·宣公九年》。题依《公羊传》《穀梁传》。
◎ 灵公为陈国君，孔宁、仪行父为陈大臣。夏姬美而淫，初嫁子蛮，子蛮死后嫁陈大夫夏御叔，生子征舒。御叔死后，与灵公等多人淫乱。征舒杀灵公，导致楚国入侵，征舒被杀。她被俘后被配给连尹襄老为妻，襄老旋死。申公巫臣又教她托词归郑，随即自己离开楚国娶了她。

好有好报

[念楼读]

晋悼公与楚争郑，不胜而归，也想让民众松一口气，魏绛便建议采取下列措施：

放赈放贷，先帮最贫困的人改善处境。除动用国家储备外，从国公本人起，殷实之家都要尽量拿出自己的积蓄。公家的仓库空了，百姓的困乏也就缓解了。

对于可以生利的事业，取消国家的禁令和大户的垄断，放开让民众经营，遏制少数人的贪心。

厉行节约，祭礼以布帛代替珠玉，宴会宰牲畜只准宰一头，公用的器物不再添置，车辆、仪饰也只求够用，因陋就简。

如此办了一年，国政便上了轨道。之后晋楚三次兵戎相见，楚国都没能占上风。

[念楼曰]

魏绛的建议，一是帮助弱势群体，二是扶植民间经济，三是减少铺张浪费。这第三条看似枝节，却关系重大。君王纵有与民休息之心，如果举行典礼大肆粉饰铺张，迎宾宴客力求丰盛光彩，办公楼越造越高，专用车越换越好，扶贫济困、增产增收岂不又要打一折八扣？

魏绛之父魏犨佐文公成霸业，子魏收为平公破狄兵，三世有功于晋，而以这次最为有德于民。有德于民者民怀之，后来晋室解体，三家分晋中有魏一家，可算是好有好报。

晋侯谋息民

左传

晋侯归,谋所以息民。魏绛请施舍,输积聚以贷,自公以下苟有积者尽出之,国无滞积,亦无困人。公无禁利,亦无贪民。祈以币更,宾以特牲,器用不作,车服从给,行之期年,国乃有节,三驾而楚不能与争。

[学其短]

◎ 本文录自《左传·襄公九年》。
◎ 晋侯归,指晋悼公为了与楚争霸,会合诸侯攻郑,不胜而归。
◎ 魏绛,晋国大夫。后三家分晋,魏为其一。

品德更珍贵

[念楼读]

　　在宋国,有人得到了一块玉,拿去献给子罕。子罕不受。献玉的人道:"这请玉工看过,玉工说它很珍贵,才敢来献的。"

　　"这玉是你的珍贵东西,不贪污不受贿的品德是我珍贵的东西。"子罕道,"玉若给了我,你我珍贵的东西便都失去了,还不如各自留着的好。"

　　那人一听,跪下磕头道:"小小老百姓,拿着这么贵重的宝玉走来走去,实在不安全,献出来也是为求平安啊。"

　　子罕便把他暂时安置在本城,找来玉工将玉琢磨好,卖了个好价钱,让他带上钱回家。

[念楼曰]

　　古时玉的价值超过今时的钻石,虞公为玉失国,卞和为玉刖足,秦王为换赵之玉璧愿割十五城,谁不爱玉呢?

　　宋人献玉以求平安,当然要献给当大官掌大权、能够给他平安的人。子罕为宋司马等于现在的国防部长,正是这样的人,却偏不接受。难道子罕和虞公他们不一样,是特殊材料制成的人吗?非也,所异者只是他有更贵重的东西——品德。他不愿以自己的品德去换别的东西,即使是玉。

　　品德就是人格,是善美,是理想。古人虽不可能有为党为人民的伟大理想,但子罕这种追求完美品德的个人理想毕竟是可贵的。

不受献玉

左传

宋人或得玉,献诸子罕,子罕弗受.献玉者曰:以示玉人,玉人以为宝也,故敢献之.子罕曰:我以不贪为宝,尔以玉为宝,若以与我,皆丧宝也,不若人有其宝.稽首而告曰:小人怀璧,不可以越乡,纳此以请死也.子罕置诸其里,使玉人为之攻之,富而后使复其所.

[学其短]

◎ 本文选自《左传·襄公十五年》。
◎ 子罕,时为宋司马。

城门之战

[念楼读]

鲁定公八年春天,周历正月间,定公发兵攻齐,围住了阳州的城门。

攻城还没开始,战士们列坐在城下稍事休息。大家说射手颜高的弓最硬,拉开它得百八十斤气力,便要过他的弓来传着看。

这时阳州城内的齐军突然冲杀出来。颜高忙从身边抢过另一张不怎么好的弓应战。齐人籍丘子锄已经冲到他面前,手起刀落,砍倒了他。接着又砍了一个。但颜高毕竟是颜高,倒下去时还对准籍丘子锄面门一箭,从颊部射入,将其射死了。

射手颜息也竭力迎战,一箭正中敌人眉心。他却说:"我真没用,本该要射中他的眼睛啊。"

原来要进攻的鲁军,这时只能退了。冉猛假装伤了脚,最先退。他的哥哥冉会见了便大喊:"猛子啊,退在后!"

[念楼曰]

本篇只取其叙事精彩。《左传》写战争本最有名,城濮之战、邲之战的意义比得上双堆集战役、孟良崮战役,而后两者的记述文字多过前两者数十万倍,能传诵的却少见。本篇原文九十三字,只写一次战斗,而鲁军指挥之懈怠、齐军出击之迅疾、颜高颜息之尽力、冉氏兄弟之勇怯,一一活灵活现。抓住有特征的细节,生动地记录下来,便能使读者对全局有真实的了解,强于按统一口径做宣传的报道远矣。

鲁师败于阳州

左传

八年春王正月，公侵齐，门于阳州。士皆坐列，曰：颜高之弓六钧，皆取而传观之。阳州人出，颜高夺人弱弓，籍丘子𫓧击之，与一人俱毙，偃且射子𫓧，中颊，殪。颜息射人，中眉，退曰：我无勇，吾志其目也。师退，冉猛伪伤足而先，其兄会乃呼曰：猛也殿。

[学其短]

- ◎ 本文录自《左传·定公八年》。公即鲁定公。
- ◎ 颜高、颜息、冉猛、冉会都是鲁军的战将。
- ◎ 钧，计量单位，等于三十斤。
- ◎ 籍丘子𫓧，齐军的战将。

国语九篇

甲鱼太小了

[念楼读]

　　公父文伯请南宫敬叔吃酒席,邀露睹父做客。席上的主菜是甲鱼,个头很小,露睹父很不高兴。请吃甲鱼的时候,他说了一句:"等甲鱼长大了再来吃。"便起身走了。

　　文伯的母亲知道以后,很生儿子的气,道:"你死去的老子说过,祭祀时应该敬奉'尸',酒席上应该敬奉上座的贵宾。甲鱼有多矜贵?为什么不办得丰盛些?使得客人生气。"于是将文伯赶出了家门。

　　过了五天,鲁国的大夫们来向老太太求情,她才让文伯回家。

[念楼曰]

　　客嫌酒菜是恶客,历来对露睹父的看法都不好。"等甲鱼长大了再来吃",悻悻然的态度也太现形,殊少大夫的风度。

　　但转念一想,吊起人的胃口来,又不让他满足,也是相当缺德的。不只在厨房中炒得一片锅瓢响,还事先广为告知,会精心采办食材,邀请名厨主勺,吊足了大家的胃口,结果端上来一盆清汤寡水,几块碎皮烂肉还不知是不是甲鱼,也难怪使人生气。

　　《随园食单·带骨甲鱼》云:"甲鱼宜小不宜大,俗号童子脚鱼才嫩。"长沙也有"马蹄脚鱼四两鸡"之说。那么文伯家厨子选材原不错,若能如随园在山东杨参将家席上所见,"一客之前以小盘献一甲鱼"就好了。

文伯之母

国语

公父文伯饮南宫敬叔酒,以露睹父为客,羞鳖焉,小,睹父怒,相延食鳖,辞曰:将使鳖长而后食之。遂出。文伯之母闻之,怒曰:吾闻之先子曰,祭养尸,飨养上宾。鳖于何有,而使夫人怒也。遂逐之,五日,鲁大夫辞而复之。

[学其短]

◎ 本文录自《国语·鲁语下》。《国语》与《左传》同叙春秋史事,不同的是《国语》按国别、多记言,作者据说也是鲁国史官左丘明。
◎ 公父文伯、南宫敬叔和露睹父,都是鲁国的大夫。
◎ 尸,祭祀时代表先人受祭的人,可以是活人,也可以是草人。

自家杀自家

[念楼读]

晋惠公杀了里克之后,又后悔道:"全是冀芮,让我错杀了国之重臣,里克的罪不至死啊!"

郭偃知道了这事,道:"轻率进言的是冀芮,轻率杀人的却是主公。轻率进言是事主不忠,轻率杀人会天理不容。事主不忠该得惩罚,天理不容会受报应。惩罚若重便得判死刑,报应到时主公也就难得有第二代了。记着吧,结局恐怕不久就会到来了。"

惠公一死,秦国便送公子重耳回晋为文公,刚刚继位的怀公和冀芮都被杀掉了。

[念楼曰]

先是晋献公杀世子申生,还要杀重耳和夷吾,是父杀子。献公死后,里克以三公子名义,杀了临终嘱咐让接班的奚齐,还有奚齐的胞弟卓子和献公新鲜的遗孀骊姬,是兄杀弟,子杀庶母。惠公(夷吾)杀里克是防重耳,可他死后重耳仍然回国杀了他的儿子怀公,是叔杀侄。这里杀的全是自家人,只有里克以管家自居,管得太热心,白搭上一条命。若说历史只是一部阶级斗争史,试问这里的阶级如何划分。

过去到奴隶社会找奴隶起义,找到个盗跖。先不说这本是庄生的寓言,就算实有其人,也是仕为士师的柳下惠的弟弟,肯定出身奴隶主。而且他杀的全是无辜,还要炒人肝下酒,活生生一个杀人狂,就是在今天恐怕也该枪毙。

惠公悔杀里克

国语

惠公既杀里克而悔之曰:芮也使寡人过杀我社稷之镇郭偃闻之曰:不谋而谏者冀芮也不图而杀者君也不谋而谏不忠不图而杀不祥不忠不祥不受君之罚死戮罹天之祸受君之罚不祥罹天之祸无后志道者勿忘将及矣及文公入,秦人杀冀芮而施之。

[学其短]

◎ 本文录自《国语·晋语三》。

◎ 惠公,晋献公之子,名夷吾,因献公宠骊姬,与兄重耳先后出奔。献公死后,里克杀掉骊姬之子,惠公在秦国支持下回晋即位,因怕里克拥护重耳,便听亲信冀芮的话,杀了里克。

◎ 郭偃,晋大夫。

◎ 施,杀后将尸示众。

跟 着 走

[念楼读]

　　公子重耳在外流亡多年后回国即位,成了春秋五霸之一的晋文公。

　　文公出亡时,守库房的小臣头须没有跟着走。文公回国后,头须来见。文公不愿见他,告诉接待人员说主公正在洗头。

　　"洗头得低着头,低着头时想事想不清,难怪主公不愿见我了。"头须道,"跟着走的人,不过是身不由己的奴才;没有跟着走的人,留下也是在为国家做事,何必怪罪他们。当国家领导人的,如果要与普通人为仇,该用心应付的地方就太多了。"

　　文公听到头须这番话,立刻接见了他。

[念楼曰]

　　晋文公是两千多年前的一位君王,比起一般顺顺当当承父业的君主来,他的历练要算比较丰富的,政治能力也是比较高的,以重要关系跟不跟着走作为选人用人的标准,应该并不错。

　　文公开头不理头须,可以理解。难得的是在听到头须发牢骚后,不仅没有龙颜大怒办他污蔑攻击之罪,反而立即改变态度予以接见,其能成为霸主而非庸主,实非偶然。

　　跟着文公走的人,至少赵衰、狐偃等人,都是人才而非奴才,这一点头须说错了。若要办他的罪,"材料"很容易攒齐。文公除了霸才,还有几分雅量,更加难得。

文公遽见竖头须

国语

[学其短]

文公之出也,竖头须守藏者也,不从公入。乃求见,公辞焉以沐。谓谒者曰:沐则心覆,心覆则图反,宜吾不得见也。从者为羁绁之仆,居者为社稷之守,何必罪居者?国君而仇匹夫,惧者众矣。谒者以告公,公遽见之。

◎ 本文录自《国语·晋语四》。

◎ 文公,晋献公之子,名重耳,因骊姬之祸流亡在外十九年,得狐偃、赵衰等之助。惠公死后,在秦国支持下回晋,杀公子圉(怀公)即位,是为晋文公,终成春秋五霸之一。

◎ 竖头须,竖即小臣,头须为人名。

知 难 不 难

[念楼读]

晋文公问郭偃道:"开头我以为治理国家很容易,如今却觉得越来越难了,这是为什么呢?"

郭偃回答道:"主公以为这件事情很容易做时,做起来自然会越来越难;主公觉得做起来很难时,只要一直做下去,慢慢也就会觉得容易了。"

[念楼曰]

从诸子群经中可以欣赏古人的智慧,其实读史也是一样。这里说的,并不包括诸侯帝王争权夺位、争城夺地的阴谋和阳谋,因为血腥味太浓,读起来会觉得这部"相斫书"太沉重,殊少接近智慧之乐。但若能离开政治军事斗争这条"主线",即使在暂停和稍息时,当政者和执事者能稍微顾及物理人情,人性向善的一面便会显现出来,智慧之美哪怕在一桩小事、几句对白上也会发光,尽够我们欣赏。

晋文公四十二岁开始流亡,六十一岁才得到晋国。正所谓"艰难险阻备尝之矣,民之情伪尽知之矣",并不是子承父业或夤缘时会得来的位子。见竖头须和问郭偃,都能看出他的智慧,也就是他长期体察人情物理所造就的能力。郭偃的答话,也算得上是一句格言。孙中山说知难行易,也许部分是受了他的启发。

郭偃论治国

国语

文公问于郭偃曰：始也吾以治国为易，今也难。对曰：君以为易，其难也将至矣。君以为难，其易也将至焉。

[学其短]

◎ 本文录自《国语·晋语四》。

当头一棒

[念楼读]

　　这一天,范文子很晚才下班回家。
　　"为啥忙到这么晚?"父亲武子问他。
　　"秦国来访的人,在朝堂上打哑谜,出难题。大夫们对答不出,我只好一连三次发言,幸好没有出丑。"文子这样回答。
　　武子一听就火了:"别人不是对答不了,是要让有经验的前辈出面。你还幼稚得很,却要三次抢在别人前面出风头。我若不在了,你还能干得了几天!"
　　说着举起手杖就打,打断了文子的帽簪。

[念楼曰]

　　此为一则很有趣味的记事。老爸是退休的正卿(首席部长执国政),儿子刚被立为列卿,都是大臣,却动手就打,可见古人教子之严。帽子上的簪子都打断了,下手不轻哪。
　　范武子曾为太傅,订立晋法;又统上军,邲之战是唯一的功臣;政绩战绩,举国公认。文子是正牌高干子弟,年纪不大便当上了卿,与父亲的威望自然有关,故不免有些骄气。幸好有这当头一棒,从此谦虚谨慎,终能为晋名臣,后来的声望甚至超过了老爸。
　　武子斥文子为"童子"。其实这"童子"在这前后已经代表晋国参加过弭兵之会,表现出色;又曾经为副手佐郤克伐齐,在鞌之战中立下战功。他倒不是全凭父荫坐直升飞机上来的。

范文子被责

国语

范文子暮退于朝。武子曰：何暮也。对曰：有秦客廋辞于朝，大夫莫之能对也，吾知三焉。武子怒曰：大夫非不能也，让父兄也。尔童子而三掩人于朝，吾不在晋国，亡无日矣。击之以杖，折委笄。

[学其短]

◎ 本文录自《国语·晋语五》。
◎ 范文子（士燮）是武子（士会）的儿子。武子为正卿，执国政，灵公八年（前613年）告老，晋遂以郤献子（郤克）为正卿，并立范文子为卿。

父 亲 的 心

[念楼读]

  晋楚两军在靡笄山决战，晋军大获全胜，郤献子率三军凯旋。范文子（士燮）是上军的指挥官，凯旋入城时却走在最后。

  "燮儿呀，你也晓得我在眼巴巴地望着你早些回来吗？"文子的老爸见到了他，忙说。

  "三军的统帅是郤老总，胜利的光荣应该属于他。入城式上我若走在前，多少会分散对他的注意，所以走在后头。"文子回答道。

  "你能这样想，就不会犯错误了，我放心了。"老爸高兴了。

[念楼曰]

  范武子时时不忘教子，范文子事事谨遵父训，在当时这是完全合乎标准的模范行为。而"燮乎，女（汝）亦知吾望尔也乎"一句，则充分表现出老父亲的心，表现出他对去打大仗的儿子的担心、渴念和怜爱。如果删去这十个字，文章便没了"颊上添毫"之妙，感染力和可读性都会差多了。

  "文革"中躲着读曾国藩为他战死的弟弟作的挽联：

    英名百战总成空，泪眼看河山……

心想现在说"英雄流血不流泪"，这样眼泪巴巴地嗟叹"总成空"，岂不会动摇斗志？而曾家兄弟的斗志，却反而更高了。可见真情才是人性的流露，反对温情则是违反人性的，也不会有助于获得胜利。

范武子知免

国语

靡笄之役,郤献子师胜而返,范文子后入。武子曰:燮乎,女亦知吾望尔也乎?对曰:夫师,郤子之师也,其事臧。若先,则恐国人之属耳目于我也,故不敢。武子曰:吾知免矣。

[学其短]

◎ 本文录自《国语·晋语五》。
◎ 靡笄,齐国的山名,在今山东历城之南。晋景公十一年(前589年)齐晋鞌(地名)之战的主战场。
◎ 郤献子为鞌之战晋军中军元帅,兼统上、下军。范文子为上军之将。

想 快 点 死

[念楼读]

　　鄢之战，范文子指挥晋军的下军。得胜回国后，他找来家庙的祭师，对他们说：

　　"咱们的国君本来就有骄气，过于自信。这回又打了胜仗，功业更加显赫了。有修养的人还难免被胜利冲昏头脑，何况骄傲的人。国君身边的亲信又多，无功受赏，定会更加放肆。依我看，晋国很快就会发生动乱了。

　　"你们是我的祭师，请为我祈祷快些死去吧，能赶在动乱之前死去便算是解脱了。"

　　这是晋厉公六年的事情。第二年夏天，范文子死了。冬天，晋国便发生动乱，先是郤氏三人被杀，最后国君也被杀掉了。

[念楼曰]

　　"夫人情莫不贪生恶死"，太史公被阉割了还这样说。范文子累世为卿，荣华富贵尽堪留恋，何以却要求快死？盖知大厦将倾，无法置身事外。与其在动乱中被诛杀，被乱杀，甚至被虐杀，横竖也是死，还不如自行了断来得干净，这和癌症病人之求安乐死差不多。但此仍需要有洞察力和决断力，亦即是智慧，不是人人都做得到的。

　　有个大汉奸陈公博，此人历史上好像也参加过一些进步活动，后来追随汪精卫，便彻底堕落了。他被关在南京监狱还要向蒋介石写对联表忠心，拖都要拖到上雨花台吃枪子，比起范文子来，智愚真不可及也。

文子知晋难

国语

[学其短]

反自鄢,范文子谓其宗祝曰:君骄泰而有烈,夫以德胜者犹惧失之,而况骄泰乎?君多私,今以胜归,私必昭,昭私难必作,吾恐及焉。凡吾宗祝,为我祈死,先难为免。七年夏,范文子卒,冬难作,始于三郤,卒于公。

◎ 本文录自《国语·晋语六》。
◎ 鄢,郑国地名,即今河南鄢陵。晋厉公六年(前575年),晋军大败楚郑联军于此。
◎ 七年,晋厉公七年。
◎ 三郤,郤锜、郤犨和郤至,郤克死后他们继续在晋执政。

逮 鹌 鹑

[念楼读]

　　晋平公打猎，射伤一只鹌鹑，命一个叫阿襄的小臣去逮来，结果却让那鹌鹑逃脱了。平公大怒，将阿襄关了起来，说要杀了他。

　　叔向当时便听说了，晚上平公和他见面时，又提起这件事，还是说要杀阿襄。

　　"该杀呀，快杀吧！"叔向对平公道，"咱们的先君唐叔，在徒林射死凶猛的野牛，用它的皮做成甲，表现了胆量和武艺，才被封为晋国之君。如今您是唐叔的继承人，却连一只鹌鹑都射不死，到手的猎物也失掉了，真有点对不起先君啊。还是赶快杀掉阿襄为好，免得这件事传开，晋国丢丑。"

　　晋平公越听越不好意思，心想，若真杀了阿襄，岂不更加张扬，只好赦免了阿襄。

[念楼曰]

　　史书所记的讽谏和谲谏，有些不仅故事本身有趣，人物神态和语言也精彩。这些都属于太史公所说的滑稽，和后来林语堂译作幽默的差不多是一回事。它使严肃的话题变得轻松一些，说者和听者便可以减少紧张，效果也就会比较好。但是也得在至少有一点起码的宽容度的条件下才能如此。如果都像在洪武爷雍正爷面前那样开不得半点玩笑，则诤谏固不行，谲谏和讽谏亦会成为诽谤讥讪，罪名比逮不住一只鹌鹑大多了。

叔向谏杀竖襄

国语

平公射鹨不死,使竖襄搏之,失,公怒,拘将杀之。叔向闻之,夕,君告之,叔向曰:君必杀之。昔吾先君唐叔射兕于徒林,殪,以为大甲,以封于晋。今君嗣吾先君唐,射鹨不死,搏之不得,是扬吾君之耻者也,君其必速杀之,勿令远闻。君忸怩,乃趣赦之。

[学其短]

◎ 本文录自《国语·晋语八》。

◎ 叔向,晋大夫,是晋平公为太子时的师傅。

◎ 唐叔,周成王幼弟,分封于翼(今山西翼城西),建国号唐,后改称晋。

◎ 趣,通"促"。

只为多开口

[念楼读]

范献子出使鲁国时,有次问起具山和敖山的事情。鲁人的回答,却只提这两座山的所在地,不说山名。

献子觉得奇怪,说:"不就是具山和敖山吗?"

鲁人说:"那是我国先君的名讳啊。"

献子回晋国后,见了同事和朋友就说:"人真不能没有知识。我因为不知道'具''敖'是鲁国先公的名讳,所以出洋相,丢了丑。如果将人比作树木,知识便是树的枝叶;没有枝叶的树木不仅难看,活也活不了呢。"

[念楼曰]

"一物不知,儒者之耻",我以为是儒者说的大话。世界上事物这样多,信息量这样丰富,要想无一物不知,恐怕谁都做不到。像具山和敖山这样两座不大的山,尤其是这两座山和几代以前鲁公的名字的关系,远处的人(即使是儒者)的确是难以知道的。

问题在于范献子并非常人,而是出使鲁国的晋大夫,那么他就本该多些鲁国的知识,一时咨询不及至少可以藏点拙,不必多开口问东问西。当年湖南在查处《查泰莱夫人的情人》时,某人责问:"中英关系如今还可以,你们为什么偏要出《撒切尔夫人的情人》?"其实当官的不知道世界名著不是什么新鲜事,是非只为多开口。此人之出洋相,也只是吃了多开口的亏。

范献子聘鲁

国语

范献子聘于鲁,问具山敖山,鲁人以其乡对。献子曰:不为具敖乎?对曰:先君献武之讳也。献子归遍戒其所知曰:人不可以不学。吾适鲁而名其二讳,为笑焉,唯不学也。人之有学也,犹木之有枝叶也。木有枝叶犹庇荫人,而况君子之学乎。

[学其短]

◎ 本文录自《国语·晋语九》。
◎ 范献子,名士鞅,范文子之孙。
◎ 具山、敖山,鲁国之二山,均在今山东新泰境内。
◎ 献武之讳,鲁献公名具,鲁武公名敖。古时讳称君父之名,故鲁人不直呼具山和敖山。

战国策十篇

明白人难做

[念楼读]

　　名医扁鹊去看秦武王，王将自己的病状告知扁鹊，扁鹊答应给治好。王身边的人却七嘴八舌，说："大王的病，跟耳朵有关，跟眼睛也有关，很不好治，只怕治不好反而会影响听力和视力。"说得秦王没了主意，只好将这些话告诉扁鹊。

　　扁鹊听了，十分生气，把拿在手里准备施治的砭石（治病用的尖石器，有如后来的金针）往地下一丢，说："大王让明白人来做事，却又让不明白的人说三道四来阻挠；国家大事如果也这样办，秦国就会亡在大王您的手里。"

[念楼曰]

　　明白人从来就怕碰到不明白的人。在看病这件事情上，扁鹊当然是当时第一明白人，但他既不能使秦王身边没有那些不明不白的人，也无法使秦王不去听那些不三不四的话，只好气得砸自己挣饭吃的家伙。

　　到底扁鹊给秦武王治病没有呢？史无明文，只知武王是举鼎折胫而死的。即使终于没给秦王治病，自亦无碍扁鹊之为良医，在旁边说风凉话的人更不会受任何影响，吃亏的只是秦武王自己的身体。

　　可见明白人难做，即使有扁鹊那样的本事。不明白的人胡乱发表意见，倒是可以毫不负责的，二千三百年前即如此矣。

扁鹊投石

战国策

医扁鹊见秦武王,武王示之病,扁鹊请除。左右曰:君之病在耳之前目之下,除之未必已也,将使耳不聪目不明。君以告扁鹊,扁鹊怒而投其石曰:君与知之者谋之,而与不知者败之。使此知秦国之政也,则君一举而亡国矣。

[学其短]

◎ 本文录自《战国策·秦策二》。《战国策》分国记述战国至秦的史事,由汉朝的刘向编辑整理成书。

◎ 秦武王,秦王政(始皇)前四代的秦王。

玉石和鼠肉

[念楼读]

讲到平原君时,范雎说了这样一个故事:

"郑国人将没加工的玉石叫作'璞',周地人将没熏干的鼠肉叫作'朴',璞朴同音。有个周地人在一家郑国商人门前吆喝着'买朴啊',郑国商人正想买玉石,说是'要买',让他拿出来瞧瞧,却原来是老鼠肉,便表示不买了。

"如今平原君名满天下,都称之为贤公子,平原君也以贤德自居。而赵国自武灵王降为主父,便一直不得安宁,直到沙丘祸作,平原君一直都在赵国当大臣,哪有什么贤德的表现。

"郑国商人买璞,还得先瞧瞧。各国君王争颂平原君,却都只信虚名,不看实际;在这件事情上,各国君王就不如那个郑国商人聪明了。"

[念楼曰]

璞和朴,如今讲普通话声调微有不同,但在长沙话里的读音还是一样的。实际上却一个是玉石,一个是老鼠肉(湖南山区有些地方仍称放在"吸水坛子"里贮存的肉为"朴肉"),此名实之不同。

范雎对平原君名过其实不以为然,其实平原君这个人,太史公虽说他"未睹大体",仍不失为"翩翩浊世之佳公子"。如今名满天下超过平原君的人多着呢,他们的皮包里装的到底是璞玉还是鼠肉,最好先拿出来瞧一瞧,在向他们鼓掌欢呼之前。

应侯论名实

战国策

应侯曰:郑人谓玉未理者璞,周人谓鼠未腊者朴。周人怀朴过郑贾曰:欲买朴乎?郑贾曰:欲之。出其朴视之,乃鼠也,因谢不取。今平原君自以贤显名于天下,然降其主父沙丘而臣之,天下之王尚犹尊之,是天下之王不如郑贾之智也,眩于名不知其实也。

[学其短]

◎ 本文录自《战国策·秦策三》。
◎ 应侯,范雎在秦国的封号。
◎ 平原君,赵公子胜的封号。
◎ 沙丘,赵国地名。
◎ 主父,赵武灵王废其太子章,传位于少子何(惠文王),自称主父,以平原君为相。四年后废太子作乱,公子戍、李兑等诛杀废太子,进而在沙丘围主父之宫,主父饿死。

辩　士

[念楼读]

　　秦王和一位名叫中期的辩士争论，没有能争赢，非常生气。中期却若无其事，踱着慢步走开了。

　　维护中期的人，眼见中期可能会要吃大亏，便对秦王说：

　　"这个又蠢又倔、不懂事的中期啊！幸亏遇着了贤明的君王。若是同夏桀王、商纣王顶撞，脑袋还能不搬家？"

　　结果，秦王并没有惩办中期。

[念楼曰]

　　春秋战国，辩士盛行。最有名的当然是苏秦张仪，《六国拜相》的戏至今还在演。

　　辩士的本事，全在口舌。张仪被打得呜呼哀哉，只要舌头还在，便不着急。他们靠口舌合纵连横，靠口舌封侯拜相，靠口舌"位尊而多金"荣华富贵。这一切都是为君王服务的，也只有为君王服务才能实现。所以，辩士说到底也还是人臣，不过是口舌之臣罢了。古希腊罗马也有辩士，那是一种自由职业，靠替人辩护维生。中国古时没有公开审判法庭辩论那一套，自然只有君王驾前为臣一条路走。

　　我这样笨口拙舌的人，做辩士是做不来的。在西洋做，最多没有主顾上门；若是在东方古国，万一驷不及舌顶撞了大王，捉将官里去时，只怕自己还找不到辩护人。

为中期说秦王

战国策

秦王与中期争论,不胜,秦王大怒,中期徐行而去。或为中期说秦王曰:"悍人也中期,适遇明君故也,向者遇桀纣,必杀之矣。"秦王因不罪。

[学其短]

◎ 本文录自《战国策·秦策五》。

◎ 中期,秦之辩士。

送 耳 环

[念楼读]

　　齐国的王后死了。在王的身边，有七位年轻受宠的嫔妃。薛公田婴想要知道，在这七位妃子中，谁会成为新的王后，便给王送上七副耳环，其中有一副特别贵，特别漂亮。

　　第二天进宫，薛公注意哪位妃子戴上了这副耳环，便向王建议立她为王后。

[念楼曰]

　　田婴在历史上出名，主要是因为有个好儿子孟尝君。古时贵族的女人多，儿子自然不会少，田婴便有四十多个儿子。孟尝君的母亲只是一名"贱妾"，生下这个儿子，田婴连要都不想要的，后来却成了继位的人。贱妾之子固然非凡，能让贱妾之子继位的父亲之非凡亦可以想见。

　　田婴为他的异母哥哥齐宣王，早已经做过不少工作。送耳环这件小事，也很看得出他的聪明，却总不禁使人想到事奉君王之不易。亲为弟兄，贵为首相，为了揣摩七个小老婆中哪个会扶正，为了能够"先意承志"把扶正的事办在前头，办得使大王满意，竟得如此地挖空心思；那么，薛公这个封爵要保住也太不容易了，不是吗？

　　古语云，刚日读经，柔日读史。史书写得好的，确有文学性，可读性，但却不是柔性读物，如果边读边想的话。

薛公献珥

战国策

齐王夫人死,有七孺子皆近,薛公欲知王所欲立,乃献七珥,美其一,明日视美珥所在,劝王立为夫人。

[学其短]

◎ 本文录自《战国策·齐策三》。
◎ 薛公,齐相国田婴的封号。
◎ 齐王,齐宣王。

邻 人 之 女

[念楼读]

　　田骈在稷下学宫讲学，门徒很多，名气很大。有个齐国人来求见，见面后恭敬地说：

　　"很佩服先生的高论，不愿当官，只愿为文化做贡献……"

　　"哪里，哪里。"田骈很高兴地表示着谦逊道，"你从哪里听到这些的啊？"

　　"从邻居的女儿那里呀。"齐国人答道。

　　"这是怎么说？"田骈略感意外。

　　"我邻居的女儿，三十岁了，总讲不愿结婚，可是已经连生了七个孩子；婚是没有结，却比结了婚的还会生孩子。"齐国人说，"先生您总讲不愿做官，可是门徒上百，收入上万；官是没有做，也比做官的还会弄钱呀！"

　　田骈连忙中止接见，转身走开了。

[念楼曰]

　　战国时学术独立，知识分子自由讲学，地位和收入有时多一些，倒是好社会的好现象。我想那个齐国人未必对此有意见，而是田骈的"高议"调子太高，议得太多，惹恼了他，才会跑到稷下来，开了这个不大不小的玩笑。

　　诸子百家中，我最佩服的是庄子，最喜欢的却是许行。自己的信仰自己坚持，自己的主张自己实行，何必皇皇如也大肆宣传，更何必"设为"这"设为"那，惹得爱清净的人生气。当然，若是讲的一套，做的又是一套，那就更加要不得了。

齐人讥田骈

战国策

齐人见田骈曰．闻先生高议设为不宦．而愿为役田骈曰子何闻之对曰臣闻之邻人之女田骈曰何谓也对曰臣邻人之女设为不嫁行年三十而有七子．不嫁则不嫁然嫁过毕矣今先生设为不宦．訾养千钟徒百人不宦则然矣而富过毕也田子辞．

[学其短]

◎ 本文录自《战国策·齐策四》。
◎ 田骈，齐人，战国时著名的学者。

说　客

[念楼读]

　　齐楚两国相争，夹在齐楚之间的宋国，原想保持中立。齐国施压逼迫宋国表态，宋国只好表示支持齐国。子象便替楚王做说客，对宋王道：

　　"楚国没有对宋国施压，反而失去了支持，便一定会学齐国的样来施压。齐国一施压就得到了支持，今后更会不断向宋国施压。使两个拥有强大军事力量的大国都来施压，宋国岂不太危险了吗？

　　"'一边倒'跟着齐国去打楚国吧，如果打胜了，齐国独霸天下，首先吞并的必然是宋国；如果打败了，弱小的宋国又哪能抵抗强大的楚国呢？"

[念楼曰]

　　子象为楚说宋王，是典型的说客行为。说客也就是辩士，其辩才的确了得，三言两语便把利害挑明了。

　　子象劝宋王不要一边倒，而要对齐国打楚国牌，对楚国打齐国牌，在大国之间保持平衡，保持中立。从地缘政治看，这的确是高明的外交政策，比把自己捆在老大哥战车上强得多。

　　说客不为君王所用时，亦只是一介匹夫，却可以对外交政策、国际关系说三道四。若在前时伊拉克，又有谁敢对萨达姆联谁反谁发表半点不同意见呢？故我虽不很喜欢说客，却很羡慕说客们所处的环境。

子象论中立　战国策

[学其短]

齐楚构难，宋请中立。齐急宋，宋许之。子象为楚谓宋王曰：楚以缓失宋，将法齐之急也。齐以急得宋，后将常急矣。是从之急也。齐以急得宋，后将常急矣。是从齐而攻楚，未必利也。齐战胜楚，势必危宋。不胜，是以弱宋干强楚也，而令两万乘之国常以急求所欲，国必危矣。

◎ 本文录自《战国策·楚策一》。
◎ 子象，楚之辩士。

听 音 乐

[念楼读]

　　魏文侯请田子方喝酒,旁边奏起了音乐。文侯听着,说道:"这编钟的音没调准呢?听起来不协调,左边的偏高呀。"

　　田子方没答话,只微微一笑。

　　"先生笑什么呢?"文侯问。

　　"我听说,贤明的国君,心思都放在国事上;不贤明的国君,心思才放在吹打弹唱上。"田子方道,"现在您这样精通音乐,对于国家的政事,我怕您就会不那么精明了。"

　　"先生说得好。"文侯道,"我一定会记住您的教导。"

[念楼曰]

　　好声色乃人之常情,但君王并非常人。他拥有非常的权力,就该负起非常的责任,要对国家前途人民福祉负责,不可能像李后主和宋徽宗那样沉浸在艺术里。后主和徽宗放弃自己的责任,只知利用特权追求声色之乐,个人虽博得多才多艺的名声,但南唐和北宋末世的老百姓就惨了。

　　如果并没有李煜和赵佶的才能,却偏喜欢作艺术秀,耍人来疯,见了舞台就想登场表演,那就比后主和徽宗都不如,更比不上魏文侯,只能归入唐昭宗一类。

　　当然,在这样的"玩君"统治下,更不会出现田子方。

田子方谏文侯

战国策

魏文侯与田子方饮酒而称乐。文侯曰:钟声不比乎,左高。田子方笑。文侯曰:奚笑?子方曰:臣闻之,君明则乐官不明则乐音。今君审于声,臣恐君之聋于官也。文侯曰:善,敬闻命。

[学其短]

◎ 本文录自《战国策·魏策一》。
◎ 田子方,孔子弟子子贡的学生,战国时期有名的贤人。
◎ 魏文侯,名斯,用李悝变法,魏以富强,北灭中山,西取秦三河之地。

牛马同拉车

[念楼读]

公孙衍到了魏国，被任命为大将，却感到无法和相国田需合作。辩士季子为了帮助他解决这个问题，便去见魏王，对王道：

"大王您见过牛驾辕马拉套的车子吗？无论怎么赶，连一百步也走不了。您因为公孙衍有将才，才用他为将，可是又要田需给他拿主意；这真是捉了黄牛来驾辕，却叫马拉套，牛马都累死了也是到不了目的地的，吃亏的却是大王的国家，您恐怕得考虑考虑。"

[念楼曰]

古时马和牛都驾车，王恺的"八百里駮"便是有名的快牛。但牛和马不同的一点，便是马可以有三驾马车，甚至四马车、六马车，牛却只能单干。此乃物性之异，亦犹鸭可以成群放牧，鸡却无法成行齐步走。故要马跟牛一起来拉车（服牛骖骥）确实难以做到。就是牵一头牛来让两匹马夹着它站在那里，牛马也会各自走开，不会"团结"在一块。

随便举出一两个人们共见共知的例子，使听者接受自己的意见，而且心悦诚服，此是战国策士（辩士、说客）的擅长，但也得君王能听和肯听。如果碰上了只会问"何不食肉糜"的晋惠帝，或者只肯写两句"留人不留人，不留人也去"的陈后主，那就纵有张仪苏素之舌也无用了。

公孙衍为魏将

战国策

公孙衍为魏将,与其相田需不善。季子为衍谓梁王曰:王独不见夫服牛骖骥乎.不可以百步.今王以衍为可使将故用之也.而听相之计是服牛骖骥也.牛马俱死而不能成其功.王之国必伤矣.愿王察之.

[学其短]

◎ 本文录自《战国策·魏策一》。

◎ 公孙衍,号犀首,原为秦臣,后入魏为将。

◎ 田需,魏相国。

◎ 季子,亦辩士一流人物。

◎ 梁王,即魏王。魏都大梁(今开封)。

狗 咬 人

[念楼读]

新城君在魏国位高权重，怕遭忌恨，对于别人在魏王面前议论自己非常敏感。因为白圭常见魏王，身边人提醒他，得防着白圭一点。白圭知道以后，便对新城君道：

"夜里在外面走的人，不一定非奸即盗；他能够保证自己没做坏事，却不能保证人家的狗不对着他叫。同样的，我能够保证自己不会在大王面前议论您，却不能保证别的人不在您面前说我啊！"

[念楼曰]

现在养狗看家的比较少了。五十多年前，不要说在乡下，就是在城里到陌生人家去，或走其旁边经过，都得提防被狗咬。抗战时期疏散到山村中的学生，对此尤其印象深刻。其实真正被咬的也不多，不过那露出白牙咆哮着猛冲上来的恶形，胆小如我者确实很怕。

据说狗对你咆哮时，最好的办法是朝它作揖。荷马史诗写英雄奥德修斯回家，牧场的狗狂吠奔来，他立即蹲下身子，放下行杖，狗便走开了。亚里士多德说得好，对于卑屈的人怒气自息，狗也不咬屈身的人。这可以做作揖之说的注解。但也有人说，狗停止进攻是怕人弯腰捡石头，未知孰是。

如今的狗都成了宠物，见生人就狂吠的是少了，咬自家人的倒是见到过一两回。此盖是狗之变性，谁遇上了只能自认倒霉。

白圭说新城君

战国策

白圭谓新城君曰：夜行者能无为奸，不能禁狗使无吠己也。故臣能无议君于王，不能禁人议臣于君也。

[学其短]

◎ 本文录自《战国策·魏策四》。
◎ 白圭，曾相魏，此时仕秦。
◎ 新城君，秦封君，名芈戎。

不是时候

[念楼读]

卫国有人家办喜事,备了马车去接新娘。新娘子上车时问:"拉套的马是谁家的?"赶车人道:"是借来的。"新娘便道:

"要鞭打就打拉套的马,别打驾辕的。"

到了家门口,扶新娘下车时,新娘子又对伴娘道:"你看,火盆烧得太旺了,等下你快把它弄灭,怕失火。"

进到内院,见院中放着个石臼,新娘又说:"这东西妨碍走路,得移到窗户下面去。"

新娘子这三句话,都引起了骇笑。她的话说错了吗?没错,只是说的不是时候。

[念楼曰]

好像有人说过,这位新娘并不该受讪笑,"慎勿为好"乃是古人训女的话,已不适用于今时了。一进门就当家做主,颇有新官上任的气势,正该庆幸收了个能干的儿媳妇呢。但对于只打借来的马不打自家的马这一点,替新娘子说公道话的人却没什么,大概他想要的正是这样"能干"的媳妇或老婆。

有的话其实并不错,但说得不是时候就很不适宜,甚至被认为大错特错了。据说宣统皇帝三岁登基时,由摄政王载沣(宣统生父)抱着临朝。行礼如仪,钟鼓齐鸣,宣统从未经历过如此大场面,吓得哇哇大哭。摄政王立即安抚道:"莫怕莫怕,一会儿便完了。"

卫人迎新妇

战国策

卫人迎新妇。妇上车,问骖马谁马也。御曰:借之。新妇谓仆曰:拊骖无答服车。至门,扶教送母曰:灭灶,将失火。入室见曰:徙之牖下,妨往来者。主人笑之。此三言者皆要言也,然而不免为笑者,蚤晚之时失也。

[学其短]

◎ 本文录自《战国策·宋卫策》。
◎ 蚤,通"早"。

庄子十篇

我 是 谁

[念楼读]

　　庄子晚上做梦，梦中自己成了一只蝴蝶，在空中翩翩飞舞，十分自由快乐，一点也没想到庄周是谁。霎时梦醒，却还是原来的庄周，手是手脚是脚伸直了躺在床上。

　　庄子于是乎想道：我是谁呢？是我梦中成了蝴蝶，还是蝴蝶梦中成了庄周呢？这两种情况，难道不是同样都有可能发生的吗？

　　我刚才感到很快乐，是因为我成了蝴蝶，能够在空中自由地飞翔。这是两脚落地的庄周从未体验过，也根本不可能体验到的。

　　蝴蝶和庄周是不同的"物"，感受才会不同。但"物"不可能永存，一觉也好，一生也好，总会要变化，要消亡。"物"如果"化"去了，感觉和意识等等一切还能不变吗？

[念楼曰]

　　称死亡曰"物化"，自庄子始。庄子以寓言述人生哲理，汪洋恣肆极矣。尝谓庄子如能复活，肯定不会用电脑，而其智慧较现代人为何如？二千三百年来文章的进化，难道只表现在数量的增长膨胀上吗？

　　有人说白话文比文言文好，他自己的文章又是白话文中最好的，比庄子之文自然好得多。庄子梦中变为蝴蝶，他是高级文人当然也会做梦，不知梦中变成了什么？至少也该是在进化树上位置比蝴蝶高得多的某种哺乳动物吧。

梦为胡蝶

庄子

昔者庄周梦为胡蝶，栩栩然胡蝶也。自喻适志与。不知周也。俄然觉，则蘧蘧然周也。不知周之梦为胡蝶与，胡蝶之梦为周与。周与胡蝶则必有分矣。此之谓物化。

[学其短]

◎ 本文录自《庄子·齐物论》。《庄子》三十三篇，分内篇、外篇和杂篇，篇下再分章（本书统一称篇）。
◎ 庄子，名周，战国时宋国蒙地（今河南商丘）人。
◎ 昔，通"夕"。
◎ 喻，通"愉"。
◎ 本文中的前三个"与"字均通"欤"。

千万别过头

[念楼读]

  人的生命是有限的,知识和成就则是无限的。以有限的生命去做无限的追求,人便会活得很累很累。明知如此,若还执迷不悟,更是枉抛心力,结果只有更糟。

  人在社会上,不能不做大众都认为该做的"好事",但不必为了得到好名声,做得过了头。人有时亦难免做点大众说是"坏事"的事,也不要做得过了头,触犯国家的法律和社会的准则。

  总而言之,凡事都要循中道、依常理而行,千万别过头。这样,人的精神和身体便能宽泰安详,可以顺其自然地生活了。

[念楼曰]

  苦恼和麻烦,大都是做得过了头造成的。作物适当密植本可增产,密得过了头则会人造出"自然灾害"来。科学家用数学为生产服务本是好事,但算出叶子面积证明光合作用还有很大潜力,密植还可以再密,这服务也服过头了。神话中的夸父,若不是不自量力硬要去跟太阳赛跑,亦不至于精疲力竭倒毙在长跑途中,还是吃了过头的亏。

  我本凡夫,颇多俗念,一生像玻璃窗内的苍蝇,碰壁碰够了,岂止过头,没碰断头已属万幸。行年七十,方知六十九年之非,读龚定庵、瞿秋白"枉抛心力"之句,觉得悔悟真是来得太晚了。秉烛而行,宁可摸索,决不再盲从乱碰,庶几可以尽年乎。

吾生有涯

庄子

[学其短]

吾生也有涯,而知也无涯,以有涯随无涯,殆矣。已而为知者,殆而已矣。为善无近名,为恶无近刑,缘督以为经,可以保身,可以全生,可以养亲,可以尽年。

◎ 本文录自《庄子·养生主》。

◎ 督,人背部的中脉。缘督,守中合道的意思。

选择自由

[念楼读]

庄子在濮水上钓鱼,楚王派了两位大夫先来,代表国王表示:"希望将楚国的事情烦累先生。"要庄子去做官。

庄子没放下钓竿,头也不回地道:"听说楚国有只'神龟',已经死去三千年了,楚王将它用丝绸包起,竹匣装起,供奉在圣殿上。不知道这只乌龟,是愿意像这样死去留下甲骨受供奉呢,还是宁愿活着拖起尾巴在泥里爬呢?"

"当然愿意活着在泥里爬。"大夫们回答。

"那么,两位请回吧。"庄子道,"让我拖着尾巴在泥里爬吧。"

[念楼曰]

与庄子同生于二千三百年前的希腊智者 Diogenes(第欧根尼),亦鄙视安富尊荣,居木桶中,冬日坐桶外晒太阳。征服世界的亚历山大大帝屈尊步行前去看他,问:"想要我为您做点什么吗?"他答道:"想请你走开,别遮了我身上的阳光。"

在权威面前,第欧根尼和庄子都选择了自由。

儒家以"学而优则仕"为理想和责任,每批评庄子消极。希腊智者则学而优不必仕,讲学当辩护士靠施舍(如第氏)均可维持物质的生活,以保持精神的自由。庄子选择自由,钓于濮水却未必能养生,不做大官仍不得不做漆园吏。如果到濮水上来的不是楚大夫而是秦皇帝,顶撞他又会有怎样的后果?想想也是很有趣的。

曳尾涂中

庄子

庄子钓于濮水。楚王使大夫二人往先焉,曰:愿以境内累矣。庄子持竿不顾,曰:吾闻楚有神龟,死已三千岁矣。王巾笥而藏之庙堂之上。此龟者,宁其死为留骨而贵乎?宁其生而曳尾于涂中乎?二大夫曰:宁生而曳尾涂中。庄子曰:往矣,吾将曳尾于涂中。

[学其短]

◎ 本文录自《庄子·秋水》。

真能画的人

[念楼读]

　　宋元公想要一幅画，画师们应召而至，见过国公行过礼，都挤着站在国公的周围。差不多有半数人无法靠近，只好站在圈子外边。大家捵笔尖的，调彩墨的，都专心致志地等着国公交任务。

　　有一位画师却到最后才从从容容地到来，上殿也不像别人那样急步走，见过国公行过礼后，知道要画画，便不再侍立，转身回去了。

　　元公注意到他，叫人跟着去察看。只见他回到屋里，把衣裳一脱，打起赤膊，岔开两条腿坐着，显得十分放松的样子。

　　元公听说后，高兴地道："行啦，这才是真能画的人呀！"

[念楼曰]

　　闻风而动，恐后争先，此乃文艺侍从之常态。既靠领导吃饭，就不能不看领导的脸色，贴身紧跟便是最要紧事，不然又怎能了解领导意图呢？而领导多是外行，要的首先是捵笔头、调颜色这样的场面，即所谓"文化搭台"。只要经费到了手，再找别人来"创作"也容易，反正画得好不好并不重要，重要的是先挤进圈子去察言观色、先意承志。

　　这次宋元公却不从围在身旁捵笔头的画师中选拔，偏偏看中了脱衣解带打赤膊的这一位，实在是例外。

解衣盘礴

庄子

宋元君将画图，众史皆至，受揖而立，舐笔和墨，在外者半。有一史后至者，儃儃然不趋，受揖不立，因之舍。公使人视之，则解衣盘礴臝。君曰：可矣，是真画者也。

[学其短]

- ◎ 本文录自《庄子·田子方》。
- ◎ 宋元君即宋元公，庄子之前五六代的国君，《庄子》是把他作为寓言中的人物来写的。
- ◎ 儃（tǎn），儃儃，闲散放松的样子。
- ◎ 盘礴，箕坐，即将两腿屈曲分开而坐，是一种放松的姿势。
- ◎ 臝，同"裸"。

得心应手

[念楼读]

大司马那里，有个锻造钩刀的工匠，已经八十岁了。他打出来的钩刀，每一把的轻重都一样，从来不差分毫。

有次大司马问这个老工匠："你干得这样好，是因为手巧呢，还是另外有什么原因呢？"

他答道："是因为我有我自己的一套方法。从二十岁起，我就干上了打钩，眼里看的全是钩，心中想的也全是钩。对别的事物我全不关心，专心致志的只有打钩一件事。久而久之，就能得心应手，所有工序都很纯熟，所有器材都听支配，自然而然便能锻造出轻重相同的钩刀了。"

[念楼曰]

原文中的"钩"，诸家均释为带钩。带钩系青铜铸成（用失蜡法），有的还要嵌金银，根本"捶"（锻打）不得。战国时已经用铁，这应该是铁打的武器才对，也才会归管兵的大司马管。带钩属于民用品，得归大司空管。

锻件每件重量不差毫分，只有用模锻的方法才能做到。八十岁老锻工说他有自己的一套方法，应该就是模锻法。

古人云，六经皆史，诸子亦何独不然。庄子的文章"大率皆寓言也"，但涉及"形而下"的事物时并不外行。这一节文章，除了哲学和文学的价值外，还有工艺史的价值。

捶钩者

庄子

大马之捶钩者,年八十矣,而不失豪芒。大马曰:子巧与?有道与?曰:臣有守也。臣之年二十而好捶钩,于物无视也,非钩无察也。是用之者假不用者也,以长得其用,而况乎无不用者乎!物孰不资焉。

[学其短]

◎ 本文录自《庄子·知北游》。
◎ 大马,即大司马,管军事的大官。
◎ 与,通"欤"。

没有对手了

[念楼读]

庄子送葬经过惠子的坟墓时,回头对跟随的人说:"有个郢都人,在自己鼻尖上涂一小点白粉,薄得像苍蝇的翅膀,叫匠石把它弄掉。匠石抡起他的斧子,呼呼生风,顺势斫下来,白粉干干净净地削掉了,鼻尖却丝毫没有伤着。郢人站在原处纹丝未动,面不改色。

"后来国君听说了,把匠石找来道:'给我再干一次。'匠石道:'我的确斫过,可是,给我做对手的郢人已经死掉了,没法再干了。'

"我也一样。自从惠夫子死去,我也没有对手了,没有人可以交谈了。"

[念楼曰]

斧子抡得呼呼地响,一斧斫掉了鼻尖上薄薄一层白粉,鼻子却一点没受伤,真是神了。我看,更神的却是站在那里的郢人。因为在鼻尖上涂粉虽然容易,人人都行;而在大斧迎面斫来时一动不动面不改色,却非得对对手的本领有充分的了解和绝对的信任不可,此则大难。庄子末了的几句话,实在很是悲哀,因为他感到了深深的寂寞。

昔钟子期死,伯牙终身不复鼓琴。盖对手——知音本极难得,或有一焉,纵如庄惠辩驳不休,也还不会寂寞。若早早去了,或因他故中道分乖,便是人生最大的不幸,只能留下深深的遗憾。

郢人

庄子

庄子送葬,过惠子之墓,顾谓从者曰:郢人垩漫其鼻端若蝇翼,使匠石斫之,匠石运斤成风,听而斫之,尽垩而鼻不伤,郢人立不失容。宋元君闻之,召匠石曰:尝试为寡人为之。匠石曰:臣则尝能斫之,虽然,臣之质死久矣。自夫子之死也,吾无以为质矣,吾无与言之矣。

[学其短]

◎ 本文录自《庄子·徐无鬼》。
◎ 惠子,惠施,庄子的友人。郢人,楚国郢都地方的人。
◎ 匠石,姓石的匠人。

儒 生 盗 墓

[念楼读]

儒家口口声声不离《诗》《礼》，有一回大小两个儒生去盗墓，大的站在外边发问道："东方快亮啦，干得怎么样了？"

"里衣里裙还没脱得下来哩，口里倒是含了颗珠子。"小的在墓穴里答道。

"有珠子好呀！《诗》不是这样吟唱的：

青青的麦苗儿呀，长满在山坡上呀。

生前不做善事呀，别把珍珠陪葬呀。

你快抓住他的头发，按住他的胡须，用锤子压住他的下巴，再慢慢扒开他的双颊，——这时要特别注意，千万别弄坏了这口里的珠子呀！"

[念楼曰]

盗墓贼看来古已有之，一面吟诵着儒家经典的《诗》，一面掘开墓穴去剥死人衣裳，扒开死人嘴巴去掏里头珍珠的盗墓之"儒"，则很可能只会出现在庄子的笔下。

但转念一想，对比度大得令人难以置信的事情，其实并不罕见。陈希同被问到工资待遇时，曾自我表白说："多少级？一下子真记不起。多少钱？总有好几百元吧，细数没注意过，反正够用了。"十足口不言钱的清廉相，背地里却正在造高级别墅，受巨额贿赂。胡长清以副省长做报告大讲共产主义道德，皮包里却揣着一个假身份证和一包春药。如此之大的"反差"，又岂是大儒小儒可比的呢？

诗礼发冢

庄子

儒以诗礼发冢。大儒胪传曰东方作矣。事之何若。小儒曰未解裙襦口中有珠。诗固有之曰青青之麦生于陵陂生不布施死何含珠为接其鬓压其𩑔而以金椎控其颐徐别其颊无伤口中珠。

[学其短]

◎ 本文录自《庄子·外物》。
◎ 胪传，上对下发话。
◎ 青青之麦四句，《诗经》中没有，注者或说是逸诗，其实更可能是庄子的创作。
◎ 𩑔（huì），这里指腮下的胡须。

无 用 之 用

[念楼读]

惠子对庄子道："你说的这些道理，我看都是无用的。"

"知道什么是无用，便能讨论什么是有用了。"庄子回答道，"像你和我站在上面的大地，难道说它还不宽不厚吗？但此刻对于你和我来说，有用的却只有脚底下这一小块。可是，如果把除了这块以外的地都挖掉，一直深挖到九泉，我和你站脚的这一块还有用吗？"

"当然没有用了。"惠子说。

"那么，'无用'的用处，岂不十分明白了吗？"庄子说。

[念楼曰]

《辞海》称庄子为哲学家，通常都如此说。但古无所谓哲学，这名词还是十九世纪才从日本拿来的。

我这个人没有哲学头脑，很怕学哲学。五十年代中被编入"中级组"，学米丁、康斯坦丁的哲学著作，还要写笔记做发言，思之犹有余悸。后来到了街道上，"全民学哲学"，那么多文章，即夹缠，又累赘，读得头昏脑涨，不读又不行，更是难忘。而庄子此文，却轻灵隽永，实在是绝妙的散文小品，闪烁着智慧的光辉。读来不禁要问，这也是哲学吗？

日文"哲学"源出西文 philosophy，意为"爱智慧"，这才对了，庄子真爱智者也。

惠子谓庄子

庄 子

惠子谓庄子曰：子言无用。庄子曰：知无用而始可与言用矣。夫地非不广且大也，人之所用容足耳。然则厕足而垫之致黄泉，人尚有用乎？惠子曰：无用。庄子曰：然则无用之为用也亦明矣。

[学其短]

◎ 本文录自《庄子·外物》。
◎ 厕，通"侧"。
◎ 垫，掘。

寂 寞

[念楼读]

　　放在水中让鱼进来，一进来便出不去的那种用篾编成的"筌"，是为了鱼才设置的。人如果捕到了鱼，筌便可以搁在一边了。

　　装在草地上让兔子踩，一踩脚便被夹住，跑也跑不脱的蹄，是为了兔子才装起的。人如果捉住了兔，蹄便可以搁在一边了。

　　长长短短的话，都是为了让人明白自己的意思，才讲给他听的。人们如果理解了你的意思，那些话也可以搁在一边了。

　　唉！怎样才能遇到那能够理解我的意思的人，来和我交谈啊！

[念楼曰]

　　读这一篇，也和读《郢人》一样，深深地感觉到了庄子的寂寞。

　　寂寞恐怕是具大智慧和大怜悯心者必然的心情。所以，爱罗先珂才会不停地诉苦道：

　　　　寂寞呀，寂寞呀，在沙漠上似的寂寞呀！

有岛武郎也才会在自述中说：

　　　　我因为寂寞，所以创作。

这恐怕也是《庄子》三十三篇的成因吧。

　　孔子诲人，是为了理想。墨子垂言，是出于责任。苏秦张仪掉舌，是为了荣利。庄子和他们都不同，他是为了不寂寞。但打譬喻作寓言，竭智尽心，理解者恐终难得。空有运斤成风的本领，却碰不到对手，终不能不寂寞矣。

得鱼亡筌

庄子

筌者所以在鱼,得鱼而忘筌。蹄者所以在兔,得兔而忘蹄。言者所以在意,得意而忘言。吾安得夫忘言之人而与之言哉。

[学其短]

◎ 本文录自《庄子·外物》。

◎ 筌,此指一种用竹篾制成的渔具,湖南人称为篆(豪)。篆在《汉语大字典》中只释为竹篙,但确实有一种叫作"豪"的渔具,只能写成篆字。

◎ 蹄,此指一种用夹脚的办法捕小兽的猎具,现在多称之为"弶"。

少 宣 传

[念楼读]

　　庄子说："要弄明白一个道理，还是比较容易的；明白道理以后，要能够含蓄，不急于宣传，不急于发表，那就比较难了。

　　"求知不是为了教化别人，是为了使自己能了解世界，能找到回归自然、通向天人合一境界的途径。一有所知就想宣传，则是为了使别人了解自己，为了从别人那里达到自己的目的。

　　"古时（理想）的人取的是前一种态度。"

[念楼曰]

　　孔子也说过："古之学者为己，今之学者为人。"这和庄子说"古之人天而不人"，倒似乎多少有一点可以相通。

　　现在一说为己，好像便成了"个人主义"。其实先圣昔贤的"为己"，决非满脑子升官发财，"为人"也不是指戴上白手套到校园拾垃圾，指的是出世和入世两种不同的人生观。

　　孔子承认古之学者高明，自己却要入世，三月无君，则皇皇如也，东奔西走，惹得和庄子一派的长沮桀溺在旁边讲风凉话。他们俩对世事也看得清，却不耐烦去管别人，在孔门弟子看来自然不免消极。但"滔滔者天下皆是也"，即使圣人又能有什么法子？若是太积极太热心，太急于求成，拿着棍子赶起别人赶快学会修身齐家治国平天下，结果亦未必会好。

知道易勿言难

庄子

庄子曰：知道易勿言难。知而不言，所以之天也；知而言之，所以之人也。古之人，天而不人。

[学其短]

◎ 本文录自《庄子·列御寇》。

诏令文十四篇

将许越成

[念楼读]

　　孤王争霸的最大目标是齐国,因此决定接受越国乞和结盟的请求,群臣不得干扰此一战略部署。越国若能从此改变对我国的态度,我的目的即已达到;如若不改,打败齐国回来,再发兵惩罚它就是了。

[念楼曰]

　　吴王夫差认为越王勾践已经完全臣服于他了,决定不再乘胜追击,不再灭亡越国,而要举全国之兵,北上与齐争霸。

　　此诏令要言不烦,几句话便将改变战略方针这件大事说清,又解除了"诸大夫"心中对越国的疑虑,可谓强词夺理,算得上好文章,故将其列为诏令文十四篇之一(按时间先后也该它第一)。

　　霸主枭雄也有写得出好文章的,因为他们有一股王霸之气,而被"培养"出来的二世祖三世祖便不行。夫差此文,虽写得好,但可惜对形势估计错误,尤其是对勾践估计错误,杀掉伍子胥带兵北上后,越军就来攻姑苏,让伍子胥被砍下的头颅在城门楼子上干瞪眼。(伍子胥人头并未挂城门,姑从俗说言之。)

　　不以成败论英雄,看历史故事,楚汉相争、吴越春秋,都是如此。夫差胜利时对失败者能宽大,失败后要求对手给予同等待遇被拒绝时不怕死,形象至少是完整的,也不难看。像勾践那样战败后带上老婆同为臣妾,尝粪舔痔什么都俯首甘为,一翻盘就宜将剩勇追穷寇,只认江山不认人,连文种范蠡都不认,就太穷形恶相了。

告诸大夫

吴王夫差

孤将有大志于齐,吾将许越成而无拂。吾虑若越既改,吾又何求?若其不改,反行,吾振旅焉。

[学其短]

◎ 本文录自《国语·吴语》。
◎ 夫差,吴国国君,公元前495年至前473年在位。

约法三章

[念楼读]

　　父老们在秦朝的严法重刑压迫下,受的苦太多,也太久了。敢说上头不是,就会满门抄斩;互相发几句牢骚,也要杀头示众。言之痛心。

　　各路义军前已商定,谁先攻入函谷关,即在关中为王。我军最先入关,即应在此负责。为了维持秩序,现与父老们协商,先立法三条:(一)杀人偿命;(二)伤人和(三)抢劫的,分别治罪。其余秦朝的苛法,一概废除。希望全体官民,都能各安其业。

　　我军起义灭秦,一心为民除害,决不侵害百姓,大家切勿惊慌。部队出城驻在霸上,是为了等待各军领袖前来,共同安排善后,并无他意。

[念楼曰]

　　此是西汉开国第一篇大文章,体现了汉高祖和萧何、张良等人很高的政治水平和政策思想。

　　第一句"父老苦秦苛法久矣",就很得人心。秦法之苛,苛就苛在不给人民思想言论自由,提倡告密,大搞斗争,镇压严,株连广。秦得天下不过十四年,并不久;人们都受不了,就觉得久了。

　　说先入关是"为父老除害,非有所侵暴"。不宣扬暴力,叫大家"毋恐",承诺了免于恐惧的自由,这比什么都有效。

　　宣布还军霸上"待诸侯至",缓称王,不抢先摘桃子,也是高明的策略,想必出于张良,不是做亭长和沛县小吏的人想得到的。

入关告谕

汉高祖

父老苦秦苛法久矣.诽谤者族.耦语者弃市.吾与诸侯约.先入关者王之.吾当王关中.与父老约法三章耳.杀人者死.伤人及盗抵罪.余悉除去秦法.吏民皆安堵如故.凡吾所以来.为父兄除害.非有所侵暴.毋恐.且吾所以军霸上待诸侯至而定要束耳.

[学其短]

◎ 本文录自《全汉文》卷一。
◎ 汉高祖刘邦,公元前 206 年至前 195 年在位。

千 里 马

[念楼读]

　　皇家的仪仗队走在前头，随行车辆跟在后面。按照常规，参加庆典的日行速度是五十里，大队人马行军只走三十里。如果骑着你们给我送来的千里马，一个人我能够先跑到哪里去呢？

　　所以，这千里马对我实在没有什么用处，我并不需要它。特此布告天下，再也不要寻求这类稀罕东西来贡献了。

[念楼曰]

　　一百多年以后，汉元帝初元元年（前48年）珠厓又反，元帝欲发军击之。贾捐之（贾谊曾孙）时待诏金马门，建议以为不当击，说从前孝文皇帝"偃武行文"，绝逸游，塞货赂，引此诏以为证。

　　汉文帝本是以俭德著名的明君，"却千里马"却得好，明发诏书使天下咸与闻之，公开打马屁精一个大嘴巴，则做得更好。

　　都承认权力带来腐化，其实从当权者的个人品质看，亦未必个个生来就是坏坯子。许多人都是吃了献千里马、拍马屁、唱颂歌的小人的亏，才由清醒变得糊涂，胡作非为起来。

　　若是本来就有夸大狂、妄想症倾向的人做了皇帝，更会忘乎所以，大干荒唐事，结果是祸延国家民族，害死上千万人。修阿房宫，坐龙船逛扬州，犹其小焉者也。

却献千里马诏

汉文帝

鸾旗在前,属车在后,吉行日五十里,师行三十里。朕乘千里之马,独先安之?朕不受献也。其令四方毋求来献。

[学其短]

◎ 本文录自《汉书·贾捐之传》。
◎ 汉文帝刘恒,公元前179年至前157年在位。

非常之人

[念楼读]

不平凡的事业，需要不平凡的人才。千里马往往不易调教，干大事的人也难免别人对他有看法。好马没有被驯服时，可能弄翻过马车；不一般的人若未能得到重用，也常常会不大守规矩。问题只在于怎样驾驭，怎样使用他们。

兹命令：各州郡主官注意从本地方各级官吏、读书人和普通百姓中，发现和选拔有突出能力的人才，特别是足以担当军政要职，以及能出使远方外国，完成重要使命的。

[念楼曰]

汉武帝本人也是一个非常之人，又是一个想建非常之功的非常之主，这求贤诏更是其非常之举。我曾有句云"能使人奴拥钺旄"，谓其用卫青为大将军也。这个"从奴隶到将军"的纪录，好像过了两千多年才打破。

有卫青等为将，有张骞等"使绝国"，这位非常之主的确建立了非常之功。但非常之主却是非常不容易伺候的，《汉书》中说，在公孙弘后"继踵为丞相"者六人，仅有一人能终其位，"其余尽伏诛"；"飞将军"李广功最多不得封侯，后因失道细故被迫自杀；太史公司马迁管"文史星历"，为李陵讲了几句话，竟被处了宫刑。这都是非常之人在非常之主手下遭非常之祸的例子。

看将起来，平常之人，还是选择平常之主为好。

求贤诏

汉武帝

盖有非常之功,必待非常之人,故马或奔踶而致千里,士或有负俗之累而立功名。夫泛驾之马,跅弛之士亦在御之而已。其令州郡察吏民有茂材异等可为将相及使绝国者。

[学其短]

◎ 本文录自《全汉文》卷四。
◎ 汉武帝刘彻,公元前140年至前87年在位。
◎ 跅(拓)弛,放荡不羁。

关心低工资

[念楼读]

官吏不廉洁，办事不公平，国家的政治就会混乱。现在的低级官吏要做的工作并不少，工资却实在微薄。如果吃饭的问题都不能解决，想要他们不从老百姓身上打主意，恐怕就困难了。兹决定：俸禄在一百石以下的人员，加俸十五石。

[念楼曰]

中国官吏的薪水从来都不高。查《大清会典》，文职官之俸，一品岁支银一百八十两，二品一百五十五两，三品一百三十两，四品一百五两，五品八十两，六品六十两，七品四十五两，八品四十两，正九品三十三两有奇，从九品、未入流三十一两有奇。四品知府等于今之地厅级，七品知县则是县处级，都不能算"小吏"。如果以清朝的八品官为例，年薪四十两，约合白银一千五百克，以每千克白银六千元人民币计算，合人民币九千元，月收入仅七百五十元。

汉宣帝给每年俸禄百石以下的小吏加俸十五石，西汉一石约三十公斤，一百一十五石约三千四百五十公斤，折合人民币二万余元，月平均不到两千元。加俸以后的小吏，还会不会"侵渔百姓"呢？

为了让官吏不"侵渔百姓"，便有了"厚俸养廉"的说法。其实当政者再刻薄，也不至于让手下办事人员衣食不周、儿号妻泣，那样政也会当不成了。历史上的贪官，有几个是因吃不饱肚子才贪的呢？即以清朝而言，于《会典》记述的正俸之外，就还有所谓"恩俸"，外加"俸米"，地方官还有"养廉"银和合法的"例规"呀！

益小吏俸诏

汉宣帝

吏不廉平则治道衰。今小吏皆勤事,而奉禄薄,欲其无侵渔百姓,难矣。其益吏百石以下俸十五。

[学其短]

- 本文录自《全汉文》卷六。
- 汉宣帝刘询,公元前73年至前49年在位。
- 奉,通"俸"。

给老同学

[念楼读]

　　古时有作为的君王，都有以宾师相待的友人；我怎敢将子陵看成臣下，随随便便召唤你呢？

　　但是，负着国家的重任，我像是在薄冰上行走；又如腿脚受了创伤，确实需要扶助。如果说，当年的绮里季并未小看高皇帝，张良请他出山保太子他肯来，难道今天的严子陵却定要看不起我这个坐江山的老朋友吗？从前许由宁愿老死在箕山，听说尧帝要请他出山就跳进颍河洗耳朵，未免太矫情，相信你总不会学着他那样做吧。

[念楼曰]

　　读《后汉书》，知严光"少有高名，与光武同游学"，而光武却是"年九岁而孤，养于叔父"，得"勤于稼穑"，后来才读书，"略通文义"。两人同学，很可能严光还有几分优越感。

　　　　及光武即位，（光）乃变姓名，隐身不见。帝思其贤，乃令以物色访之。后齐国上言，有一男子，披羊裘钓泽中。帝疑其光，乃备安车玄纁，遣使聘之，三反而后至。

此诏应是在使者"三反"时写的，给足了老同学面子。

　　严光为何隐身不见，召之不来呢？无非是残存的优越感也就是自尊心作怪。三召四召，不还是来了吗？前人有诗：

　　　　一着羊裘便有心，虚名浪说到如今；
　　　　当年若着渔蓑去，烟水茫茫何处寻。

古时又没有户口管理制度，真要逃名还会逃不掉吗？

与严光

汉光武帝

古大有为之君，必有不召之臣。朕何敢臣子陵哉。惟此鸿业若涉春冰，譬之疮痏须杖而行。若绮里不少高皇，奈何子陵少朕也。箕山颍水之风，非朕所敢望。

[学其短]

◎ 本文录自王符曾辑《古文小品咀华》卷二。
◎ 严光，字子陵，少时与光武同游学，光武即位后隐居不出。
◎ 汉光武帝刘秀，高祖九世孙，东汉王朝的创建者，公元25年至57年在位。

对吴宣战

[念楼读]

此次奉命讨逆,大军南下,荆州刘表之子刘琮望风而降。八十万人马现已完成水战训练,即将开向东吴,准备同将军的部下进行一次演习。

[念楼曰]

曹操自己虽没有称帝,却是真正的帝王。帝王有的会打仗,却不能文,如朱元璋、皇太极;有的有文采,却不会治国用兵,如宋徽宗、李后主;更多的则既不能文又不能武,只能称昏君、暴君,昏君不过多吸民脂民膏,暴君就要人民大流其血。

又能武又能文的帝王,曹操该排在第一。且不说《短歌行》《观沧海》,就是这封在赤壁之战前给孙权的宣战书,一场八十万人的大会战,写得如此轻松,毫不装腔作势,真是难得。如果换上别人,即使写得出,又岂能举重若轻如此。

曹操还有件事别的帝王无论如何也比不上,便是儿子个个强,他"有后"。《魏文帝集》和《陈思王集》,在汉魏六朝名家别集中,都跟《魏武帝集》一样,被公认为第一流、上上品。在文学史上,"三曹"的地位比在政治史上更高,千秋万世后还会有人要读他们的作品。

别的帝王和准帝王也有自诩"文武双全"的,却大都"无后"。即使生养过的,生出来的比起曹丕、曹植来只能算弱智,也就等于"无后"了。

与孙权书

曹 操

近者奉辞伐罪,旄麾南指,刘琮束手。今治水军八十万众,方与将军会猎于吴。

[学其短]

- ◎ 本文录自《全三国文》卷三。
- ◎ 孙权,字仲谋,此时据有江东六郡,后称帝,国号吴。
- ◎ 曹操,字孟德,此时以"汉丞相"名义统治北方,旋封魏王,死后称魏武帝。

抚恤死者

[念楼读]

为了挽救国家,平息暴乱,我起兵征战;根据地的人民,付出了惨重的代价,死事者极多。旧地重过,整天在路上走,居然见不到一张熟识的面孔,使我深深感到悲哀。

兹命令:为绝了代的阵亡将士从其亲戚中选立后嗣,给他们分田地,买耕牛,让他们受教育。还要为死者建立祠庙,按时祭祀。亡灵得到安息,我身后也就可以少一点遗憾了。

[念楼曰]

《三国志·魏武帝纪》:"太祖武皇帝,沛国谯人也。"沛国,郡名,在苏鲁豫皖相邻处;谯,县名,今属安徽亳州市,是曹操的家乡。中平六年,曹操"始起兵于己吾",即今河南宁陵,去谯地不远,"兵众五千人"中谯人一定不少。打了十三年的仗,已经破袁绍,逐刘备,"天下莫敌矣"。再带兵经过故乡,此时"旧土人民,死丧略尽;国中终日行,不见所识",正是"一将功成万骨枯"的景象。

难得的是,此时曹操并未满怀"功成"的喜悦和兴奋,而能"凄怆伤怀",只想为"将士绝无后者"寻找亲人,继承香火,立庙祭祀。四十七岁的曹操,认为要办好这件事,自己百年之后,灵魂才会得到安息。这当然是迷信,与所作"神龟虽寿,犹有尽时;腾蛇乘雾,终为土灰"的唯物主义精神不合;但关心"无后"总是积德行善,他自己的儿子一个稳坐龙廷,一个才高八斗,虽然未必是善报,也总比身后凋零的强多了。

军谯令

曹操

吾起义兵,为天下除暴乱,旧土人民死丧略尽,国中终日行,不见所识,使吾凄怆伤怀。其举义兵已来,将士绝无后者,求其亲戚以后之,授土田,官给耕牛,置学师以教之。为存者立庙,使祀其先人,魂而有灵,吾百年之后何恨哉。

[学其短]

- 本文录自《全三国文》卷二。
- 曹操,见第161页注。
- 军谯令,发布于建安七年曹操大军驻谯(县)时。

天灾人事

[念楼读]

　　暴雨成灾，洪水泛滥，乃是上天示警。作为国家元首，我实在应该承担主要的责任。想起自己失德至此，我的心情十分沉重。希望文武百官都能指出我的过错，把所见到所想到的统统指出来，不要有任何顾虑，不要有任何保留。

　　各地对京城包括宫中的各种供应即行核减。所有征用民力之处，或即暂停，或即废止。遭受水害的各地灾民，均应按受灾轻重，分别给予实物补助和救济。

[念楼曰]

　　人类生活在大自然中，遭遇各种自然灾害是难免的，即在科学技术发达的现代亦是如此，古代更是如此。那时候，人们只能祈求神灵的保佑，并将水旱虫灾看成上天的惩罚；从皇帝到百官，也将为民祈福视为自己应尽之责。

　　传说商时有九年之旱，汤王裸身自缚在毒日头下久晒，代人民受罚，终于感动上苍，降了甘霖。汉文帝时"数年比不登，又有水旱疾疫之灾"，他找原因首先就是"意者朕之政有所失，而行有过"。唐太宗"大水求直言"，也认为"天心示警"是针对君王的过失，所以要群臣"各上封事，极言朕过"。这都是负责任的表现。

　　本来，职位越高责任越重，对人民对国家负应尽之责，不仅是政治性问题，也是伦理德性问题、人性问题。

大水求直言诏

唐太宗

暴雨为灾,大水泛溢,静思厥咎,朕甚惧焉。文武百僚各上封事,极言朕过,无有所讳。诸司供进,悉令减省,凡所力役,量事停废。遭水之家,赐帛有差。

[学其短]

◎ 本文录自《全唐文》卷六。
◎ 唐太宗,李世民,年号贞观,公元626年至649年在位。

模 范 君 臣

[念楼读]

几天不见，心中很是难过。反省我自己，过失确实不少，说过错话，也做过错事。常言道，不照镜子，不知脸有多脏，现在我总算懂得这个道理了。

本想亲自前往看望，又恐给你带来不便。故派人送去此信，说明我的意思。你看到了什么，听到了什么，想要说的话，尽可以写信来，现在和以后都行。

[念楼曰]

唐太宗和魏徵，历来被认为模范君臣。魏徵善谏，唐太宗善纳谏。但谏也有让君王受不了的时候，唐太宗受不了，生了气，魏徵便生病请假，唐太宗于是手诏慰问。"自顾过已多矣，言已失矣，行已亏矣"，等于向魏徵做检讨。

"千载"还只"一人"，可见在漫长的君主专制旧时代中，能"纳谏"的君主之少。自古即有"武死战，文死谏"的说法，把这作为忠臣的"轨范"，可见文官想做忠臣，就得敢于向君王进谏，而这很可能要付出"死"的代价，因为能碰上李世民的机会实在太少了。郑板桥《道情》十首中有"吊龙逢，哭比干"，哭吊的便是两个"死"于"谏"的忠臣。比干的死还被写入了《封神榜》。

史臣誉魏徵云，"前代诤臣，一人而已"；若无唐太宗，怎能有魏徵这样善谏的诤臣。史臣赞太宗云，"从善如流，千载可称，一人而已"；若无魏徵，又怎能有太宗这样善纳谏的明君啊。

问魏徵病手诏

唐太宗

不见数日，忧愤甚深。自顾过已多矣，言已失矣，行已亏矣。古人云无镜无以鉴须眉，可谓实也。比欲自往，恐劳卿，所以使人来去。若有闻知，此后可以信来具报。

[学其短]

- 本文录自《全唐文》卷九。
- 唐太宗，见前第165页注。
- 魏徵，唐太宗的诤臣。

南下三条

[念楼读]

大军南下,平定南唐的行动,即由曹彬全盘负责,应注意者有三条:

一、严禁侵害江南百姓;

二、不必急于军事攻击,应先施加政治压力,迫使南唐政权归顺中央;

三、兵入金陵,杀人越少越好;即使遇到抵抗,亦必须保证李煜一家的生命安全。

另加封发去宝剑一口,有不遵令者,即以此剑斩之。

[念楼曰]

中国历来习惯"大一统",地广人多,但也常免不了"合久必分","战国七雄"便是七个国,"三国演义"便是三个国。最热闹的数南北朝,中央政权之外,还有十六个国。五代十国,也到宋太祖大军南下,才"分久必合"。

南唐是由唐末藩镇割据形成的国家。公元892年杨行密为淮南节度使,占据扬州,902年迫唐室封其为吴王,四年后唐朝被朱温所灭。937年徐知诰代杨氏称帝,迁都金陵,改回李姓,他就是李后主的祖父。

南唐土地富饶,文化发达,国力不弱,疆域曾包括苏、赣、闽、皖南和鄂东,独立局面本可多坚持些时日。可惜李后主只能做"词中帝王",又碰上了既有实力又懂策略的宋太祖。"不须急击",好整以暇,统一反而很快便完成了。

敕曹彬伐南唐

宋太祖

江南之事，一以委卿，切勿暴掠生民，务广威信，使自归顺，不须急击也。城陷之日，慎毋杀戮，设若困斗，则李煜一门不可加害。朕今匣剑授卿，副将而下不用命者斩之。

[学其短]

◎ 本文录自王符曾辑《古文小品咀华》卷四。

◎ 宋太祖赵匡胤，宋人又称他为"艺祖"，公元960年至976年在位。

◎ 曹彬，北宋大将。

◎ 南唐，五代十国之一，都城在金陵（今南京）。

◎ 李煜，南唐后主。

不戴高帽子

[念楼读]

　　山西还没有平定，河北也尚待收复，说"统一"简直是吹牛皮，讲"太平"更等于放空炮，弄得我都不好意思了。你们想给我戴高帽子，我是绝对不会接受的。

[念楼曰]

　　宋开宝九年（976年），即赵匡胤开国第十六年，也是他生命完结的那一年，北宋皇朝的胜利可说到达了顶点。心腹之患的南唐已被击灭，卧榻之侧无人鼾睡了。李煜老老实实做了"违命侯"，和南汉来的"恩赦侯"刘𬬮一同匍匐在陛下。留下来的吴越小国王钱俶，不敢不年年进贡岁岁来朝，剩下一个北汉也只有挨打的份儿。于是以晋王为首的群臣要为赵匡胤"上尊号"。赵匡胤却还没有被胜利冲昏头脑，他以北汉割据政权尚未归顺，北方的辽国还是重大威胁为理由，坚决拒绝了。

　　所谓尊号，便是一顶高帽子，是给皇帝再加上一长串表示尊贵之至的称呼。如雍正称"敬天昌运建中表正文武英明宽仁信毅睿圣大孝至诚宪皇帝"是也。高帽子戴在头上不会特别舒服，宋太祖坚决不接受，尚不失为正常人。

　　要给赵匡胤上尊号的晋王，便是他的弟弟赵光义，即后来的宋太宗。斧声烛影之事虽未必有，在这里他总也没安什么好心。

上尊号不允

宋太祖

今汾晋未平，燕蓟未复，谓之一统，无乃过谈仍曰太平，实多惭德，固难俞允。

[学其短]

◎ 本文录自《宋大诏令集》卷第三。
◎ 宋太祖，见第169页注。

不杀读书人

[念楼读]

　　前朝柴氏子孙，如果犯罪，不可施加刑罚；即使谋反必须处死，也只能令其自尽，不可斩首示众，更不可株连族属。

　　不可杀天下的读书人。

　　不可杀对朝廷提意见的人。

　　以上几条，我都立过重誓。后世子孙，如有违背此誓的，必遭报应，切记毋忘。

[念楼曰]

　　《水浒传》说，小旋风柴进"是大周柴世宗子孙，自陈桥让位，太祖武德皇帝敕赐予他誓书铁券在家，无人敢欺负他"。"戒碑"上的对天发誓，大约便是《水浒传》这样说的根据吧，这些不说也罢。但赵匡胤立誓恪守，子孙不渝，其政治道德可信度，比起什么"德苏同盟""日苏互助"来，当时信誓旦旦，而口血未干，即兵戎相见，谁高谁低，岂不昭然若揭。

　　宋太祖的誓言中，最值得注意的是"不得杀士大夫及上书言事人"。这就是保证给读书人以"上书言事"的自由，保证不以言治罪，不以言杀人。不是读书人便不可能成为"士大夫"，更不可能"上书言事"了。

　　宋朝的国势并不强，而文化昌盛，立国亦久（三百一十九年，比威风更足、边功更盛的西汉二百一十四年、唐朝二百八十九年都要久），恐怕与此不无关系。

戒 碑

宋太祖

柴氏子孙有罪不得加刑. 纵犯谋逆止于狱中赐尽不得市曹显戮亦不得连坐支属不得杀士大夫及上书言事人. 子孙有渝此誓者天必殛之.

[学其短]

- 本文录自《全宋文》卷七。
- 宋太祖，见第 169 页注。
- 柴氏，宋朝取代的后周最后一个皇帝本姓柴。

民国开篇

[念楼读]

　　推翻清朝专制政府，建立民主共和的中华民国，谋求民生幸福，这是国民的公意，我誓必遵从，对民国效忠，为民众效力。

　　当专制政权全被打倒，国内秩序已经稳定，民国政府已经得到国际承认，届时我即自动解除临时大总统的职务，还政于民。

　　谨此宣誓。

[念楼曰]

　　民国元年（1912年）1月1日孙中山在南京就临时大总统职的誓词，乃是民国开国第一篇大文章。只用了八十一个字，要说的话便都说清楚了，而且说得十分得体。

　　大文章难得短，尤难得体。民国之文，我见过实物的，以南京中山陵前的碑文——

　　　　中国国民党葬总理孙先生于此

最为得体。字也庄严典重，恰如其分，不知道是不是谭延闿写的，只知道如今已少有人能作擘窠大楷，字都得写出来再放大了。

　　孙中山是位演说家，并不以文名，"余致力国民革命"的遗嘱要言不烦，措辞得体，乃是别人代笔，但仍可以传世。

就职誓词

孙文

倾覆满洲专制政府，巩固中华民国，图谋民生幸福，此国民之公意，文实遵之，以忠于国，为众服务，至专制政府既倒，国内无变乱，民国卓立于世界，为列邦公认，斯时文当解临时大总统之职。谨以此誓于国民。

[学其短]

◎ 本文据《孙中山全集》。

◎ 孙文，号逸仙，在日本曾化名中山樵，人称中山先生，广东香山（今中山）人。

奏对文十四篇

脱祸求财

[念楼读]

　　道理本来是：主公如果为国事着急，臣子就应该加倍努力；主公如果被外国欺侮,臣子就应该抗争到死。二十年前在会稽被迫降吴时，臣就该死；之所以不死，完全是为了报仇雪耻，争取最后的胜利。现在国仇已复，国耻已雪，臣就该履行当时没有履行的义务，从此和大王永别了。

[念楼曰]

　　古来为君主出力打天下的人，打得天下后称为功臣，但随即就会倒霉，即使不被"烹"掉，也得谨言慎行，夹紧尾巴做人，日子不会好过。于是,聪明人只有及时抽身,求得平安。张良去"从赤松子游"，早晚只以蒸梨为食，生活未免太苦；范蠡则偷渡出国，改名经商，发了大财，可算是"脱祸求财"成功的典型。

　　范蠡辞勾践,勾践也曾经挽留过,说"孤将与子分国而有之,不然，将加诛于子"。范蠡一听，走得更坚决了，还写信给文种叫他也快走，兔死狗烹的名言便是这时说出来的。文种不听，很快便被勾践赐剑逼令自杀了。

　　这里有一个问题，既知兔死则狗烹，又知人君"可与共患难，不可与共乐"，得赶快设法脱祸求财，又何必当初"苦身勠力与勾践深谋二十余年"呢？如果说张良是为韩报仇，找刘邦等于开头找大铁椎，范蠡他为的又是什么呢？是不甘寂寞，想露一手呢，还是真的为了苎罗山下的姑娘呢？

为书辞勾践

范 蠡

臣闻主忧臣劳,主辱臣死。昔者君王辱于会稽,所以不死,为此事也。今既已雪耻,臣请从会稽之诛。

[学其短]

◎ 本文录自《全上古三代文》卷五。
◎ 勾践,春秋时越国国君,公元前497年至前465年在位,以卧薪尝胆报仇灭吴而著名。
◎ 范蠡,越大夫,力助勾践灭吴,功成引退,改名换姓前往齐宋经商,成为巨富。
◎ 会稽,公元前494年,吴王夫差在夫椒之战中打败勾践,遂入越,勾践退守会稽(今浙江绍兴),在此被迫求和。

不如卖活人

[念楼读]

听说,赵王愿意割让一百方里土地,请魏国杀掉我。我无罪而可杀,因为无足轻重;得到一百方里土地,却是很大的利益,该向大王祝贺了。

不过有一点想请大王考虑的是:如果那边的土地不交割,这边的人却已经杀掉,这场交易岂不亏本了吗?我想,拿死人去做交易,卖死人,恐怕还不如卖活人稳当些吧。

[念楼曰]

"与其以死人市,不若以生人市",这话说得真有些惊心动魄。既然已经看清,自己即使贵为相国,生命仍然不过是君王手中的一枚筹码,随时可用来交易,又何不赤裸裸地将这个真相说出来,彻头彻尾揭开平日庙堂之上"君使臣以礼"的那一套,让利害关系公之于众呢。这样既能震动君王,使他明白"百里之地不可得,而死者不可复生"的道理,做出对魏国有利的选择,范座的命也就得以苟延,可以等待信陵君来解救了。

奏对文和诏令文一样属于应用文,一个是下对上,一个是上对下。但这已经是过去有皇帝时的文体,今天完全不适用了。当然,上级和下级的关系,如今也还是现实地存在着的,上下级间的文字交流,属于私人交往的且不说,属于工作范围和政治社会的,写得好总死写得不好强。

广义地说,这些也都可算是议论文。而能够写得像上面这样短,加之逻辑性强,理直气壮,文字生动,故能成为公认的名篇。

献书魏王

范　座

臣闻赵王以百里之地请杀座之身。夫杀无罪范座,座薄故也,而得百里地,大利也。臣窃为大王美之。虽然而有一焉,百里之地不可得,而死者不可复生也,则主必为天下笑矣。臣窃以为与其以死人市,不若以生人市便也。

[学其短]

◎ 本文录自《全上古三代文》卷四。

◎ 范座,战国时相魏王为诸侯合纵阵线盟主。赵王欲为盟主,故以百里地请魏杀座。

反对坑儒

[念楼读]

　　国家刚刚统一，外地的民心还没有归附。读书人读孔子的书，讲孔子的学说，好像也没有什么不对，朝廷却要用严法重刑惩罚他们。儿臣恐怕这样大规模镇压会影响国家的安定，恳请陛下加以考虑。

[念楼曰]

　　秦始皇二十六年统一天下后说："朕为始皇帝，后世以计数，二世三世，至于万世，传之无穷。"这传位第一个本该传给扶苏，因为他是长子。但扶苏在心狠手辣这一点上并不肖秦始皇，秦始皇焚书坑儒，扶苏却反对这样做。

　　扶苏本是法定继承人，可是他这种温和的主张，并不符合秦始皇以暴力镇压维持统治的国策。加以胡亥的野心和赵高、李斯等人的构陷，结果他不仅未能接班，还被害死，秦朝也就二世而亡了。

　　当统治危机深重时，统治阶层内部总会出现温和派，主张在体制内进行改革，主张实行一种比较宽松的政策，但结果总是失败。这一条历史的教训，实在非常深刻。

　　扶苏是秦始皇的儿子，上书时也得和别人一样称"上"称"臣"。专制政治之扼杀亲情违反人性，在这一点上也看得十分清楚。

谏始皇

扶苏

天下初定．远方黔首未集．诸生皆诵法孔子．今上皆重法绳之．臣恐天下不安．唯上察之．

[学其短]

◎ 本文录自《史记·秦始皇本纪》。
◎ 扶苏，秦始皇长子，始皇死后被赵高等害死。

请 除 肉 刑

[念楼读]

　　小女子的父亲淳于意在山东当太仓令，名声一直很好，大家都说他是公正廉洁的，如今却因犯法要受肉刑。小女子知道，人死不能复生，肉体被毁伤亦无法恢复，今后想重新做人也不能够了。

　　小女子心痛父亲，恳请免除他的肉刑，愿以自身充当公家的奴婢，受苦受累也无怨无悔，只求父亲能有改过自新的机会。

[念楼曰]

　　从《史记·扁鹊仓公列传》看，淳于意还精通医术，他当太仓长应该没有不廉洁的问题，"坐法当刑"可能是管仓事忙，"不为人治病，病家多怨之者"引起的。

　　淳于意生有五女，被捕时五个女儿跟着他哭，他骂自己生女不生男，有事无人奔走效力，激发了小女儿缇萦的志气，于是她陪送父亲一直到长安，并且为父亲上了这封书。"上（汉文帝）悲其意，此岁中亦除肉刑法"。

　　肉刑分刺面、割鼻、断足、阉割、杀头五种，都要毁伤人的肉体，极不人道。缇萦上书后，文帝诏令废除了部分肉刑，或以笞杖代之，刑法有了些改良。

　　缇萦愿入为官婢以赎父刑，历来被誉为孝女。其实这只是对专制统治严刑苛法的一次控诉，肉刑亦未全部废止，后来司马迁得罪了汉武帝，还是被阉割了。

上书求赎父刑

淳于缇萦

妾父为吏,齐中皆称其廉平。今坐法当刑。妾痛夫死者不可复生,而刑者不可复续,虽欲改过自新,其道莫由,终不可得。妾愿没入为官婢,以赎父刑,使得改行自新也。

[学其短]

◎ 本文录自《全汉文》卷五十七。
◎ 淳于缇萦,临淄人淳于意(仓公)之少女,曾为父上书,汉文帝悲其意,除肉刑法。

自告奋勇

[念楼读]

臣毫无在草原上建立军功的经验，五年来空占着近卫的编制。值此边境形势紧张之际，理应奔赴前方，直接参加战斗，却又缺少训练，不谙军事。

听说朝廷要派人出使匈奴，去进行决定战与和的最后谈判。臣愿充当使团的一名随员，决心不顾个人的祸福，在匈奴国王面前捍卫我汉朝的尊严。

臣所恨者，只是被认为年纪轻、资历浅、缺乏办事经验，难以独当一面，担负主要的出使任务。

[念楼曰]

跑官要官的古已有之，终军自请出使匈奴便是一例。但此人要官有其特点：（一）要的官是个危险的官；（二）要官是要得功不是要得禄，故多豪气而无奴气；（三）要官的这份报告写得好。

终军是济南人，《汉书》说他"少好学，以辩博能属文闻于郡中"，十八岁便被选为博士弟子，到长安上书言事，得到汉武帝的赏识，当上了谒者给事中。从此朝中有事，他总积极发言，屡受嘉奖。当武帝要对匈奴用兵并遣使时，终军便自告奋勇。

武帝览书后，即提拔终军为大夫，令其出使南越。终军踌躇满志地说："愿受长缨，必羁南越王，而致之阙下。"但事与愿违，长缨虽然在手，缚住苍龙仍不能不付出代价，二十几岁的终军竟于元鼎四年（前113年）在南越被杀掉了。

请使匈奴书

终 军

军无横草之功,得列宿卫,食禄五年。边境时有风尘之警,臣宜被坚执锐,当矢石启前行驽下,不习金革之事。今闻将遣匈奴使者,臣愿尽精厉气,奉佐明使,画吉凶于单于之前。臣年少材下,孤于外官,不足以亢一方之任,窃不胜愤懑。

[学其短]

◎ 本文录自《汉书·终军传》。
◎ 终军,汉武帝时人,后出使南越被杀。
◎ 被,通"披"。

疏还是堵

[念楼读]

　　古时黄河下游，分流的河道很多，称为九河。现在九河堵的堵淤的淤，水只走一条道，光靠修堤就堵不住了。查考文献，治水也只讲疏浚河道，开河行洪，从未讲过什么修堤堵口。如今河水多从魏郡向东北横流，河床难以稳定，就是苦于没有畅流的水道。

　　窃以为，天下人多少辈的经验应该重视；四海之内，通晓水情水性者总是有的。建议朝廷广泛征召水利人才，任用主张并能着手疏浚水道的人员。

[念楼曰]

　　大禹治水，用的方法就是"疏"——疏浚河道，加深河床，使水走水路走得快，因而取得了成功。他父亲鲧的方法与之相反，是"堙"——水来土挡，不仅难于挡住，而且这些土最后都到了水里头，水越来越高，终于"洪水横流，泛滥于天下"，鲧也以失职被处死了。平当在汉哀帝时上奏，建议"浚川疏河"，用大禹之法治水。此建议两千多年来却一直未被采纳，以致如今的黄河完全成了一条地上河。

　　平当的意见虽未被采纳，他本人却没受丝毫影响，随即拜相封侯，荫及子孙了。1957年写《花丛小语》的水利专家黄万里，不同意按苏联专家的设计修三门峡水库，意见后来被证明正确，却被打成"极右分子"，比起古人来，真是比窦娥还冤。

奏求治河策

平当

九河今皆置灭,案经义治水有决河深川而无堤防壅塞之文。河从魏郡以东,北多溢决,水迹难以分明。四海之众不可诬,宜博求能浚川疏河者。

[学其短]

◎ 本文录自《全汉文》卷四十八。
◎ 平当,汉哀帝初年领河堤事,上此书。

一 把 菜

[念楼读]

　　七八十年前明帝在位的时候，皇妹馆陶公主要求皇上让她的儿子到中央做郎官；皇上不肯，只给她一千万钱。有人问为什么宁可给她这么多钱，却不肯让她的儿子做个不小不大的"郎"？皇上说："郎官的位置很重要，得选用德行好的人，不是我的外甥便可以做得的。"

　　如今陛下却将此职位视如一把菜，随便给人。明帝眼中千万钱不能换的，如今几斤萝卜白菜就换得了；这样任意贬低朝廷名器的价值，臣以为十分欠妥。

[念楼曰]

　　小时读《滕王阁序》，有"人杰地灵，徐孺下陈蕃之榻"一句，后来看《后汉书》，才知此榻是为"高洁之士，前后郡守招命莫肯至，唯蕃能致焉"的周璆特置的；但不管怎样，陈蕃总是个爱才好名的人，也许只有这样的人，才能上谏书、顶皇帝吧。

　　君主专制时代，用人本是君主的特权。贤君不胡乱用人，宁可"赐钱千万"给妹妹，也不让她那无德无才的儿子做"郎"。《汉书·百官公卿表》载，"郎，掌守门户，出充车骑"，虽不算什么大官，也是天子身边的人，自然"以当叙德，何可妄与人耶"，明帝做得不错。但陈蕃所谏的桓帝却是一个昏君，将官位视如一把菜，随便给人，就根本谈不到什么"叙德"，什么"量才"了。

　　但桓帝容得陈蕃这样直率的批评，仍属难得。陈蕃之死，亦死于桓帝死后的宦官之手，与桓帝并无关系。

谏妄与人官

陈 蕃

昔明帝时,公主为子求郎,不许,赐钱千万。左右问之,帝曰:郎,天官也,以当叙德,何可妄与人耶!今陛下以郎比一把菜,臣以为反侧也。

[学其短]

◎ 本文录自《全后汉文》卷六十三。
◎ 陈蕃,东汉桓帝时为官,有直声。
◎ 明帝,光武帝之子刘庄,公元58年至75年在位。
◎ 以当叙德,"当以德叙"之意。

攻其一点

[念楼读]

　　太史令许芝所举荐的韦抱，为学治事既不能遵循古圣昔贤的轨范，更不能作为同辈和后进的表率。其个人品格，亦颇贪鄙，每逢朝廷举行祭典，分祭肉的时候，总要和经手办事的小吏们争多少，有时拿去了上百斤，他还嫌少呢。

[念楼曰]

　　汉时太史令掌天文历法，兼管修史，要书读得多的人才做得。所举荐的官员，也该是读书守礼之人，即使还不足以高风雅量博得同僚敬重，又何至于这样不堪，下作到与分祭肉的小吏说少争多，"自取百斤，犹恨其少"呢？

　　高堂隆反对擢用太史令许芝举荐的这个韦抱，所用的手法，正所谓"攻其一点，不及其余"。但这一点的确是韦抱的要害，分祭肉是在庙堂之上进行的事情，正该礼让为先，表现出一点雍容大度；他却斤斤计较，身份面子全都不顾，如此自私小气，又怎么适宜太史令来向皇上举荐呢？

　　分肉争多少，看来只是生活中一小事，但从这类小事上，正可以看得出一个人的品格和气质，虽似与德才等大端无关，却也不可忽略。王氏诸郎在郗家来择婿时"咸自矜持"，只有羲之"在床上坦腹卧，如不闻"，差别亦很细小，却成了胜出的理由；宇文士及在宴会上切肉后以饼拭手，唐太宗见之不悦，随后又见他将此饼卷起来吃掉，才放心委以政事。这类因小见大的故事，都能发人深省。

上韦抱事

高堂隆

太史许芝所举韦抱,远不度于古,近不仪于今,每祭与吏争肉,自取百斤,犹恨其少也.

[学其短]

◎ 本文录自《全三国文》卷三十一。
◎ 高堂隆,汉魏时泰山平阳(今山东新泰)人。
◎ 许芝,魏文帝黄初中为太史令。

如 何 考 绩

[念楼读]

　　国家的大事，第一是农耕生产，第二是练兵作战。只有农业发展，衣食足了，才能练出强兵；有了强兵，战争才能取胜。所以农事实在是胜利的根本。孔子说足食足兵，也是将"食"放在"兵"之前。

　　要解决"食"的问题，就要多产粮，多积粮。因此，就要以地方粮食储备的多少和人民生活水平的高低，作为干部考绩提升的依据。这样，有志上进的人，就会把心思放在搞好农村工作、发展农业生产上，拉关系、找门路、请客送礼的自然会少，社会风气也会变好。

[念楼曰]

　　邓艾是司马懿的人，《三国演义》结尾诗云"钟会邓艾分兵进，汉室江山尽属曹"，这"曹"该改成"司马"或"晋"吧。但邓艾伐蜀成功后却被诬斩，够冤的。

　　他上言积粟是伐蜀前当兖州刺史时的事，这却是很对的，尤其是建议"使考绩之赏，在于积粟富民"，以粮食产量和农民收入作为考核地方干部的硬指标，更是绝对正确，正确之至。

　　听说有些年"跑官要官"之风正盛，高升的官位可以跑得来，要得来，甚至买得来，那就不必扎扎实实，埋头苦干，想方设法去提高粮食产量，帮助农民增加收入了。邓艾如果生在今天，不知会怎样上言，想想也蛮有味，总不会因此再一次被诬斩吧。

上言积粟

邓艾

国之所急惟农与战。国富则兵强,兵强则战胜。然农者胜之本也。孔子曰足食足兵,食在兵前也。上无设爵之劝,下无财畜之功。今使考绩之赏在于积粟富民,则交游之路绝,浮华之源塞矣。

[学其短]

◎ 本文录自《全三国文》卷四十四。
◎ 邓艾,三国时棘阳(今河南南阳)人。
◎ 畜,通"蓄"。

魏 与 吴

[念楼读]

　　当前的大敌是曹魏，不是孙吴；若先击灭魏国，吴人自会屈服。如今曹操虽死，曹丕却公然篡汉窃国，汉室臣民无不痛恨。正当出兵讨逆，先夺关中，控制黄河和渭水的上游，定能得到中原反曹力量的支持。不应将魏放在一边，而去攻打吴国。这样扩大打击面，是无法速战速决的。

[念楼曰]

　　儿时看小说，总是替古人担忧。看《三国演义》看到"汉王正位续大统"后，放着"废帝篡炎刘"的曹丕不去对付，却要兴兵伐吴，也替他着急。两面作战，向来是兵家大忌，二战中德国如果不闪击苏联，日本如果不偷袭珍珠港，要败也不会败得这样惨。

　　在小说中，第一个"谏伐孙权"的也是赵云，赵云的第一句话也是"国贼乃曹操，非孙权也"；但下面的"汉贼之仇，公也，兄弟之仇，私也，愿以天下为重"，就是小说家言了。

　　赵云"长坂坡前救阿斗"，乃是一身都是胆的战将，但他也有远大的战略眼光。刘备在联合谁对付谁和两面作战这些大问题上犯错误时，他能如此极言直谏，实在可嘉。

　　刘备没有听赵云的话，却仍然信任他，也很可嘉。

谏伐孙权疏　　赵云

国贼是曹操,非孙权也。且先灭魏,则吴自服。操身虽毙,子丕篡盗,当因众心,早图关中,居河渭上流以讨凶逆,关东义士必裹粮策马以迎王师,不应置魏先与吴战。兵势一交,不得卒解也。

[学其短]

◎ 本文录自《三国志·赵云传》注引《云别传》。
◎ 赵云,三国时常山真定(今河北正定)人。

不 能 看

[念楼读]

陛下每日一言一行,要由担任拾遗补阙、谏议工作的史臣如实记载,并及时进谏。这"起居注"乃是历代遗留下来的规矩,目的是使皇上能够多做好事,少做不好的事。这些记载不能由陛下自己取去看和改,注记工作更不能取消。

陛下该注意的是,自己怎样多做应该做的事,而不是怎样使臣只记好事,不记不好的事。陛下如果做了不该做的事、错误的事,即使臣不记载,全国臣民人人都可以记载,绝对是瞒不住天下后世人的。

在我的心目中,陛下就是太宗皇帝;希望陛下也能允许我学习褚遂良,做好"起居注"的工作。

[念楼曰]

魏谟是魏徵的五世孙,唐文宗太和年间中进士后,先后做了右拾遗、右补阙,直言敢谏,"似其先祖"。开成年间转任起居舍人,拜谏议大夫,专门负责"起居注"的工作。有次文宗派宦官来要取"起居注"去看,魏谟加以拒绝,上了此奏。

文宗览奏后,召见魏谟,说:"在你之前,我是常常要看一看的。"魏谟说:"那是史臣失职,我岂敢再让陛下违规;如果注记要经陛下看过,执笔的史臣难免心存回避,所记的便不会完全真实,怎能取信于后代?"文宗只得让步。

如今没有"起居注"了,但新闻报道仍然日日时时在"注"着国家领导人,他们身边应该不缺魏谟这样的人。

请不取注记奏

魏谟

臣以自古置此,以为圣王鉴戒,陛下但为善事,勿冀臣不书。如陛下所行错误,臣不书之,天下之人皆得书之。臣以陛下为太宗文皇帝,请陛下许臣比职褚遂良。

[学其短]

◎ 本文录自《全唐文》卷七百六十六。
◎ 魏谟,唐朝人,魏徵五世孙。
◎ 文皇帝,指太宗李世民。
◎ 褚遂良,唐太宗时为谏议大夫,多次进谏被采纳。

赏 艺 人

[念楼读]

　　从前陛下统军抗战时，受重伤的战士，所得奖赏不过几匹绸布。现在供陛下娱乐的艺人，一句台词、一个笑话出了彩，便赐给他成捆的丝绸，数以万计的金钱，还有锦袍和银带。战士们见到了，难道心中不会不平？如果军心涣散了，以后陛下又靠谁来保卫国家呢？

[念楼曰]

　　历朝历代的帝王，国力强盛时"万国衣冠拜冕旒"，称"天可汗"；国力衰弱时便以金帛、公主"和番"，称"儿皇帝"，都明明白白记载在二十一史上。桑维翰做官的后晋朝，石敬瑭是"儿皇帝"，石重贵是"孙皇帝"，他们在契丹面前是儿孙，在本国臣民面前仍然是至高无上的皇帝，尽可以荒淫无度，任意胡来。艺人的"一谈一笑"，只要称了他们的心，"束帛万钱，锦袍银带"，想赏多少便是多少。

　　艺人在历史上的社会地位不高，属于"下九流"，"倡优隶卒"连子弟读书应试的权利都没有；收入却一直有高的，若能"色艺双绝"，服务到家，一夕万钱并非难事。这是凭天生丽质和日夜辛劳才能得到的，别人也不该眼红（战士见之觖望是另一回事）。不过钱尽可让他（她）们多拿，名声上和政治上特别加以恭维则似无必要。似将陈寅恪和"粤剧名伶"同时请到高级知识分子座谈会上去发言，让彼此都觉得别扭，真是何苦。

谏赐优伶无度疏

桑维翰

向者陛下亲御胡寇,战士重伤者赏不过帛数端,今优人一谈一笑称旨往往赐束帛万钱锦袍银带,彼战士见之,能不觖望,士卒解体,陛下谁与卫社稷乎。

[学其短]

◎ 本文录自《全唐文》卷八百五十四。

◎ 桑维翰,五代时人,仕于后晋。

长乐之道

[念楼读]

　　臣在河东任职时,因公往中山,经过井陉,山路十分险峻,于是驾车特别小心,深恐马失前蹄,车轮偏滑,幸得无事。过山以后,到了大路上,以为平安了,便大意起来,反而出事受了伤。

　　由此可见,在危急的形势下,人谨慎小心,便比较安全;在平顺的境遇中,人疏忽懈怠,反而易出危险。这乃是人情物理的常态,应该从中吸取必要的教训,那就是:越是平安顺利的时候,越不能忘记危险的存在,越应该提高警惕。

[念楼曰]

　　长乐老冯道历来名声不佳,因为他"身事四朝",和传统伦理观念的"从一而终"不合。其实他一开头"为河东掌书记",就在李存勖手下做事,李建立的后唐只有十四年,接上来的后晋也只十一年,后汉更短不过四年,后周九年他却只干三年便死去了,一共只做了三十一年的官。

　　五代时军阀混战,情形和北洋时期差不多,谁占了北京谁就当总统、执政、大元帅。只不过那时称皇帝,改国号,换一个人,就称一"代"了。军阀们争的是帝位,国事却是不管,也管不好。但国事总得有人管,冯道便是管事人之一,而且管得较好,做了不少好事,如校印《九经》。当然他也有他的"长乐之道","安不忘危"即是其一。将这点亲身体会提醒君王,对双方都有好处。长乐之道,似乎亦有可取。

论安不忘危状

冯 道

臣为河东掌书记时,奉使中山,过井陉之险,惧马蹶失,不敢怠于御辔,及至平地,谓无足虑,遽跌而伤。凡蹈危者虑深而获全,居安者患生于所忽,此人情之常也。

[学其短]

◎ 本文录自《全唐文》卷八百五十七。
◎ 冯道,五代时瀛州景城(今河北沧州)人。
◎ 河东,唐时河东道领山西及河北、内蒙一部分。
◎ 中山,今河北定州一带。
◎ 井陉,为山西进入河北的要隘。

拜 佛 无 用

[念楼读]

　　过去梁武帝虔诚地信佛拜佛，刺出血来抄佛经，舍身入寺当和尚，下跪向方丈长老磕头，解散头发铺在地上让众僧踩。这样做的结果如何呢？结果是被侯景围困在台城，活活饿死了。

　　如今陛下也信佛拜佛，虔诚的程度，似乎还做不到刺血、舍身、下跪、踩发的程度。那么以后佛菩萨给陛下的保佑，也未必会比给梁武帝的还多吧。

[念楼曰]

　　李后主乃"词中帝王"，要他在人世上做帝王本不行，何况他还这样迷信佛教。当北宋兵临城下时，他的唯一办法，就是到佛寺去烧香许愿，结果如何可想而知。

　　帝王家信佛，本来就滑稽。佛教主张清静无为，和帝王家的荣华富贵乃是根本对立，不可调和的，除非像释迦牟尼那样，抛弃这一切，坐到菩提树下去，这又岂是李后主这样的人所能做到的呢？

　　后主是在"春殿嫔娥鱼贯列"的环境中长大的，不同的是，比起别的帝子王孙来，他还多了一颗诗人的心，在"胭脂泪，相留醉"的氛围中，能够发出"人生长恨水长东"的感慨，写出好词来。但即使如此，这一片痴情，仍为佛家所戒，佛法不容，祈求南无阿弥陀佛来保护他的小朝廷只能是妄想。

谏事佛书

汪 焕

昔梁武事佛，刺血写佛书，舍身为佛奴，屈膝为僧礼，散发俾僧践，及其终也，饿死于台城。今陛下事佛未见刺血践发舍身屈膝，臣恐他日犹不得如梁武也。

[学其短]

◎ 本文录自《全唐文》卷八百七十。
◎ 汪焕，五代南唐人，事后主，为校书郎。

箴铭文九篇

低 姿 态

[念楼读]

　　一接受任命，便恭敬地把头低；再接受任命，我的头低得更低；第三次受命，弯下腰深深鞠躬，走路总挨着墙基——能够这样做，便没谁会将我欺。

　　（这是我家煮粥的锅）稠的总煮在这里头，稀的也煮在这里头，够吃了便别无所求。

[念楼曰]

　　正考父的曾祖弗父何是宋闵公的儿子，本可继位为国君，却让位给了宋厉公。正考父有显赫的家世，本身又历佐三代宋君（戴、武、宣），在朝中有很高的地位。但他却是"恭而有礼"的典型，铸在自家鼎上的这首铭文，便是他的家训——他居家处世的格言。

　　据《左传》记载，鲁国的大夫孟僖子将死时，举正考父鼎铭为例，说明礼让是做人的根本，正考父"其共（恭）也如是"，可谓"有明德者"，"若不当世，其后必有达人，今其将在孔丘乎"。

　　孔丘即是孔子，正是正考父的后人，此时已经三十五岁了。接着孟僖子又交代，要让他的两个儿子说（南宫敬叔）、何忌（孟懿子）师事孔子，"学礼焉，以定其位"。

　　铸鼎传世，是只有贵族之家才能办的事。宋戴公、宋武公、宋宣公三代，正当周宣王二十九年至平王四十二年，即公元前799年至前729年间，去今已约二千八百年，这铭文可算是本书中最古老的一篇文字。

鼎铭

正考父

一命而偻,再命而伛,三命而俯,循墙而走,亦莫余敢侮,饘于是鬻于是,以糊余口。

[学其短]

◎ 本文录自《左传·昭公七年》。
◎ 正考父,春秋时宋国人,孔子的祖先。

少 开 口

[念楼读]

不能理解你的人，有什么必要再对他多说？
能够理解你的人，不必多说他自然会明白。
当幕僚好发议论，别人会觉得你心肠难测。
对事物稍做批评，别人又说你整人要不得。
难道教训还不够，害自己硬要害到头发白？

[念楼曰]

箴铭为最古老的文体之一，《礼记》记汤之盘铭曰：

> 苟日新，日日新，又日新。

这和正考父的鼎铭一样，都已成为古典。

箴铭通常都有韵，祭文也往往有韵，但一般都将这两种文体归于散文不归于韵文。祭文有长有短，箴铭则都很短。现在祭文变为悼词，题词则可视为箴铭的遗裔，而写得好的越来越少，堪诵读的就更少了。

本篇为韩愈三十八岁时所作《五箴》的第二篇。一般认为，"幕中之辩"说的是他在董晋、张建封手下的经历，"台中之评"说的则是他任监察御史时上疏得罪这件事。

韩愈作《言箴》，警惕自己少开口，因为他已经吃足了自己嘴巴的亏。但人生了嘴巴总要说话，为了尽自己的责任，争自己的权利，有时更非说话不可，"夕贬潮阳路八千"终于还是难免。

言 箴

韩 愈

[学其短]

不知言之人,乌可与言,知言之人,默焉而其意已传,幕中之辩,人反以汝为叛,台中之评,人反以汝为倾,汝不惩耶,而哫哫以害其生耶。

◎ 本文录自《全唐文》卷五百五十七。
◎ 韩愈,字退之,唐河阳(今河南孟州)人,古文唐宋八大家之一。

后 有 来 者

[念楼读]

篆书写得极好的李斯死去以后,过了一千年,到我们唐朝,才又出现一个篆书写得极好的李阳冰。现在李阳冰又已经死去了,以后还能不能再出现这样的篆书大师呢?

即使还会出现,恐怕也得在千年以后吧,谁能够等待如此之久呢?如果千年之后还继起无人,篆法恐怕也就到此为止了。保存着这六幅李阳冰篆书真迹的主人啊,为我们好好地珍藏着吧!

[念楼曰]

在这篇铭文之前,舒元舆还写了篇六百多字的《玉箸篆志》,说他在长安得见"同里客"所得李阳冰玉箸篆真迹,"在六幅素上",将其挂于堂上,"见虫蚀鸟步痕迹,若屈铁石陷入屋壁,霜昼照著,疑龙蛇骇,解,鳞甲,活动,皆欲飞去"。

志文说,李斯的篆书,"历两汉三国至隋氏,更八姓无有出其右者",唯李阳冰"独能隔一千年,而与秦斯相见",而且"议者谓冰愈(逾)于斯,吾虽未登峄山(看李斯刻石),观此(阳冰真迹)可以信其为深于篆者之言也"。

古时讲政治必推尧舜,讲道德必推孔孟,讲篆书必推李斯,讲行草必推王羲之,都把祖师爷立为最高的标准,前无古人,后无来者。舒元舆却不简单,能为"超越李斯"的李阳冰作铭,说明后有来者。

玉箸篆志铭

舒元舆

斯去千年,冰生唐时,冰复去矣,后来者谁?后千年有人,谁能待之?后千年无人,篆止于斯。呜呼主人,为吾宝之。

[学其短]

◎ 本文录自《全唐文》卷七百二十七。
◎ 玉箸篆,篆书的一种,笔法圆润若玉箸,故名,亦以称通行的小篆。
◎ 舒元舆,唐东阳(今属浙江)人,唐宪宗元和八年(813年)进士。

谁 坑 谁

[念楼读]

秦朝的政策专整读书人,受苦的是秦朝的百姓们。

读书人统统都被活埋了,秦朝的天下也就覆亡了。

万千百姓为读书人雪恨,是他们打碎了秦皇的梦。

是秦朝埋葬了读书人,还是读书人埋葬了秦朝廷?

[念楼曰]

秦始皇坑儒的原因,一是怕儒生"为妖言惑乱黔首",二是卢生、侯生敢于逃走不为他求"仙药",要杀人泄愤。坑的方法则是先设骗局,利用温泉制造"瓜冬生实"的假象,让诸生集中起来讨论、争鸣,然后一举而坑之。这确实是残暴而又邪恶的行为,是极权主义的"标志性事件"。

对于坑儒这件事和坑儒者秦始皇,从来都没有人说好。只有一位李卓吾,说秦始皇是千古一帝,恭维他。这位先生也不想一想,如果到秦皇治下去发表不同意见,那就会被腰斩、车裂,或者跟儒生那样被集体活埋,怎能留一个全尸造"李卓吾之墓"?《焚书》《再焚书》等著作也会真的成为"焚书",怎能留到今天?除了司空图的《秦坑铭》,章碣还有首《秦坑诗》,末云:

坑灰未冷山东乱,刘项原来不读书。

说得真对。

秦坑铭

司空图

秦术戾儒．厥民斯酷．秦儒既坑．厥祀随覆．天复儒仇儒绝而家秦坑儒耶儒坑秦耶．

[学其短]

◎ 本文录自《全唐文》卷八百八。
◎ 司空图，字表圣，唐虞乡（今山西永济）人。

上天难欺

[念楼读]

　　国家给你的每一个钱，都浸透了老百姓的汗和血。

　　若敢对百姓作威作福，天理和国法你都应该晓得。

[念楼曰]

　　此铭文原有二十四句，为五代蜀国主孟昶所作。宋太宗摘出四句，作为"御制"，后由黄庭坚写了刻成《御制戒石铭》颁行州县，戒官吏不得贪虐。

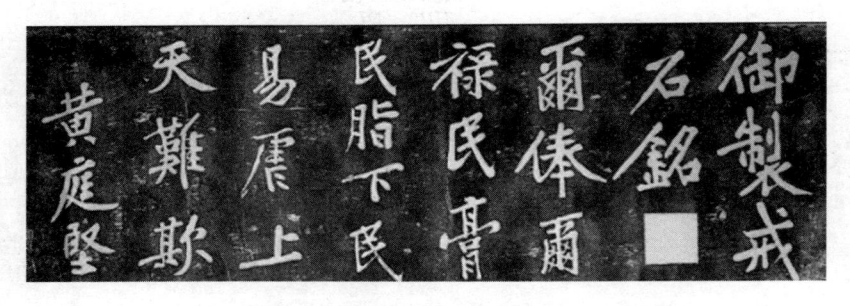

　　但据袁文的《瓮牖闲评》载，有的州县的老百姓便在这四句的下面各加了一句，成为：

　　　　尔俸尔禄，只是不足。

　　　　民膏民脂，转吃转肥。

　　　　下民易虐，来的便捷。

　　　　上天难欺，他又怎知。

　　本来专制政体就是虐下民的，官吏乃是虐使下民的工具。即使出了个把像孟昶这样的君主，想约束一下手下的官吏，事实上也是不可能的。

戒石铭

孟昶

尔俸尔禄,民膏民脂。下民易虐,上天难欺。

[学其短]

◎ 本文全录于《全唐文》卷一百二十九,原有二十四句,但后来刻石传世的只此四句。

◎ 孟昶,五代十国时后蜀后主,公元934年至965年在位。

抓住今天

[念楼读]

今天不学，还有明天。
今年不学，还有明年。
一天一天，一年一年。
人生易老，青春难延。
晚年追悔，也是枉然。
劝君努力，抓住今天。

[念楼曰]

七十年前进学堂，劝学的诗文读过不少。文如"人之不学，顾不如蜀鄙之僧哉"，诗如"读书之乐乐何如，绿满窗前草不除"之类，早就记不全了。朱子这一首，却是至今都还记得，写得短，又顺口，恐怕是它易记住的主要原因。

然而，在我辈普通儿童身上，劝学的作用却是很渺茫的。从五六岁到十二三岁，大多数人恐怕都有过厌学的时候，我便是这大多数中的一个。先生在课堂上教读《四时读书乐》七律四首，学生们私下里却在传诵"春天不是读书天，夏日炎炎正好眠……"比什么"瑶琴一曲来薰风""数点梅花天地心"更易记住，很快便可以连环倒背。

说也奇怪，淘气的那几年过去以后，却又自然而然地用起功来了，而且并不是读《劝学说》和《四时读书乐》之效。因此我觉得，朱熹这一篇恐怕也起不了医治懒病的作用，不过可以当作写得好的短文章读读而已。

劝学说

朱熹

勿谓今日不学而有来日,勿谓今年不学而有来年。日月逝矣,岁不我延。呜呼已矣,是谁之愆。

[学其短]

- 本文录自《朱子文钞》。
- 朱熹,字元晦,南宋婺源(今属江西)人,谥号为"文"。

廉 生 威

[念楼读]

　　下级不怕我威严,只怕我不要钱。

　　百姓不盼我精明,只盼我办事公平。

　　办事公平,百姓就不会送礼求情。

　　不贪不污,下级就不敢马马虎虎。

　　只有公平,眼前才会是一片光明。

　　只不贪污,别人才不会骂你是猪。

[念楼曰]

　　曹端虽然以理学著名,但也做过州学正,这是相当于市教育局局长的官。讲"廉""平"是得经过考验才行的,史称曹端死在霍州(今山西霍州)任上,"州人为罢市巷哭",那么"民不敢慢""吏不敢欺"应是事实,这《官箴》他自己总是能够认真遵守的了。

　　中国社会古来一直是专制的,虽说专制和腐败是一对孪生子,不民主便不可能有真正的公平和正义,也不可能有普遍的清廉。但道德操守优秀的个人在任何社会里总是有的,人数当然没有真坏蛋和伪君子多。其中一些有名的廉吏、清官,他们的特立卓行和人格力量,永远值得人们敬佩,包括他们留下的片言只语,如"公生明,廉生威"。

官箴

曹端

[学其短]

吏不畏吾严,而畏吾廉।民不服吾能,而服吾公।公则民不敢慢,廉则吏不敢欺।公生明,廉生威।

◎ 本文录自曹端《月川语录》。
◎ 曹端,字正夫,明渑池(今属河南)人,人称月川先生。

集 句 为 铭

[念楼读]

　　外形完全是一段枯木，不是吗？
　　其中完全积满了冷灰，不是吗？
　　这样的东西，只有你才会送、我才会收，不是吗？

[念楼曰]

　　这是采用"集句"形式而作的一篇器物铭，全文只有三句。所铭的器物为一木瘿炉，即是利用天然树瘤为外壳，内加炉胆做成的香炉。

　　　形固可使如槁木，而心固可使如死灰乎？

这两句是《庄子·齐物论》中的名句。

　　　惟我与尔有是夫！

这一句则是孔子对颜渊讲的话，出自《论语》。

　　用"集句"的形式作诗文，是一种传统的体裁，也是文人卖弄自己读得多记得住用得活的一种方法。诸子群经，记得住不足为奇；用来作玩物的铭文，带有游戏的味道，便显得聪明了。

　　树瘤挖成的香炉本极少见，对送来的人说"惟我与尔有是乎"，恰合口吻。而树瘤之"形"正是槁木，香炉"心"中装的正是死灰；借庄子和孔子这两段话"铭"木瘿炉，不仅形容得天衣无缝，由儒、道两家祖师爷来称赞香炉这件禅房中的器物，又特别带有一些调侃的趣味。

木瘿炉铭

陈继儒

形固可使如槁木乎，心固可使如死灰乎，惟我与尔有是夫。

[学其短]

◎ 本文录自《陈眉公集》。

◎ 陈继儒，号眉公，明末华亭（今上海松江）人。

第一清官

[念楼读]

　　一粒米，一根纱，不该拿的决不拿；
　　吃的饭，穿的衣，都是百姓供养的。
　　对百姓宽一分，天下受益不止一分；
　　向百姓要一文，我为人便不值一文。
　　说什么往来应酬都是如此，其实是掩盖自己的无耻；
　　如果不是不明不白的东西，怎么会悄悄送来我屋里？

[念楼曰]

　　张伯行是康熙整顿吏治树立的样板，上谕称之为"天下第一清官"，这是他任督抚时传谕府、州、县官的檄文，亦可算作箴铭。

　　据公私记载，张伯行的清廉是过得硬的。因为反贪污受贿，他得罪人多，经手的事也多，在山东曾发仓谷二万二千多石赈饥，在福建请发帑五万两购粮平抑米价，在江苏时库银亏空三十四万两，康熙五十年江南乡试又发生了舞弊大案。不满他的人有的很有势力，如康熙乳母的儿子总督噶礼，曾多次攻讦他在这些事情上"有问题"。康熙也曾派人彻查，结果证明他一文未取。噶礼等人后来反而都落马了，因为他们实在禁不起问"此物何来"，当然也还有别的原因，如噶礼的"不孝"。

禁馈送檄

张伯行

一丝一粒,我之名节。一厘一毫,民之脂膏。宽一分,民受赐不止一分;取一文,我为人不值一文。谁云交际之常,廉耻实伤;倘非不义之财,此物何来。

[学其短]

◎ 本文录自《清稗类钞·廉俭类》。
◎ 张伯行,字孝先,清康熙时仪封(今河南兰考)人。